오 헨리
단편선

오 헨리 단편집

초판 1쇄 인쇄 | 2006. 7. 5
초판 15쇄 발행 | 2026. 1. 7

지은이 | 오 헨리
옮긴이 | 김희정
펴낸이 | 박옥희
펴낸곳 | 도서출판 인디북

등록일자 | 2000. 6. 22
등록번호 | 제 10-1993호
주　　소 | 서울특별시 마포구 신수로 25-12 (현석동) 1층
전　　화 | 02)3273-6895
팩　　스 | 02)3273-6897
E-mail | indebook@hanmail.net

ISBN 89-5856-088-6　　03840

오 헨리 단편선

오 헨리 지음 _ 김희정 옮김

인디북

차례

낙원에 들른 사람들

브로드웨이에 가면 피서지 개발업자들이 미처 찾아내지 못한 호텔 하나가 있다. 이 호텔의 내부는 깊고 넓어서 시원하다. 모든 객실은 서늘한 기운이 느껴지는 기무스름한 참나무로 장식되어 있다. 편안한 산늘바람과 짙은 녹색의 관목이 있어 굳이 애디론댁 산맥(미국 뉴욕 주 북동쪽의 산맥)을 가지 않고도 즐길 수 있게 되어 있다. 금빛 단추가 달린 제복을 입은 웨이터의 안내를 받아 널따란 층계를 오르거나 엘리베이터를 타고 꿈꾸듯 위층으로 올라가노라면 알프스 산의 등산가들도 절대 맛볼 수 없는 은근한 즐거움을 느낄 수 있다. 주방의 요리사는 화이트 마운틴(미국 뉴햄프셔 주의 산맥)에서보다 훨씬 맛이 좋은 송어와 올드 포인트 컴포트를 질투 나게 할 정도의 바다의 진미와 수

렵관리인의 고지식한 관리 근성마저도 녹일 수 있는 메인
주의 사슴고기를 요리해 준다.

그러나 7월의 사막같이 뜨거운 맨해튼에서 이런 오아시
스를 찾아오는 사람은 매우 적었다. 7월 한달은 그 높다란
식당의 시원스런 불빛 아래서 얼마 되지 않은 손님들이 한
가하게 여기저기 흩어져서 눈처럼 하얀 식탁의 빈 좌석 너
머로 서로 눈길을 보내며 말없는 축복을 보내는 광경을 볼
수 있다.

주의 깊고 공기총처럼 민첩한 웨이터들은 손님 가까이
에서 서성이다가 손님이 말을 꺼내기도 전에 미리 필요한
것을 가져다준다. 실내온도는 언제나 4월과 같이 서늘하다.
천장에는 여름 하늘에 구름이 둥둥 떠도는 풍경이 수채화
로 그려져 있는데 현실에서처럼 사라질 것을 염려하지 않
아도 된다.

멀리서 들려오는 브로드웨이의 유쾌한 소음은 행복에
도취한 손님들에게는 쉬지 않고 떨어지는 부드러운 폭포
소리처럼 들렸다. 낯선 발걸음 소리가 들릴 때마다 손님들
은 불안스럽게 귀를 기울이고는 끊임없이 자연의 가장 깊
은 곳까지 탐험하고 있는 소란스런 유람객들에게 이 은밀
한 장소를 침해받게 되는 건 아닐까 염려하였다.

이렇게 한여름의 무더위를 피해 한적한 호텔에 숨어든 안목 높은 소수의 손님들은 인간의 지혜와 기술이 제공해 주는 산과 바다의 기쁨을 마음껏 즐겼다.

7월 어느 날, 손님 한 사람이 호텔에 들어와서는 숙박부에 '엘로이즈 다르시 보몽 부인'이라고 적힌 명함을 한 장 내밀었다.

보몽 부인은 로터스 호텔이 좋아하는 그런 손님이었다. 그녀는 상류사회의 품위 있는 몸가짐을 가졌을 뿐만 아니라, 예의 바르고 겸손한 태도가 부드러운 친밀감을 주었기 때문에 모든 종업원들을 자기의 노예처럼 부릴 수 있었다. 그녀의 방의 벨이 울리면 종업원들은 앞을 다투어 그녀의 시중을 들려고 했다. 지원들마저도 호텔의 소유권 문제만 아니라면 이 호텔과 집기를 모조리 그녀에게 바치고 싶어 할 정도였다. 다른 손님들 역시 그녀가 호텔 분위기를 완벽한 것으로 만드는 데 필요한 여성적인 고고함과 아름다움을 가졌다고 생각했다.

이 귀한 손님은 좀처럼 호텔 밖으로 나가는 일이 없었다. 그녀의 취미는 로터스 호텔의 격식 높은 단골 고객들과 별로 다를 게 없었다. 이렇듯 유쾌한 호텔 생활을 즐기기 위해서는 마치 도시가 수십 마일이나 떨어져 있는 것처럼 생각해야 했다. 밤에는 옥상을 잠깐 산책하고 태양이 작열하는 낮에는 송어가 늪의 안식처에 몸담고 있는 것을 즐기듯이 로터스 호텔의 그늘 짙은 성벽 속에 틀어박혀 있는 것이다.

로터스 호텔에서 보몽 부인은 혼자라 다소 외롭기는 해도 여왕 같은 생활을 하고 있었다. 그녀가 아침 10시에 식사를 할 때 그 멋지고 우아한 모습은 석양의 재스민처럼 어스름 속에서 부드러운 빛을 발하고 있었다.

그러나 보몽 부인의 광채가 절정에 이르는 것은 저녁식사 때였다. 그녀는 깊은 산골짜기의 폭포수에서 피어오르는 물안개처럼 아름답고 환상적인 가운을 입었다. 그 가운이 어떤 종류인지 말로는 표현할 수가 없다. 레이스로 장식된 앞가슴에는 항상 연분홍색의 장미가 꽂혀 있었다. 바로 이같은 옷차림 덕분에 수석 웨이터들로부터 존경에 가득 찬 시선을 받게 되고 문밖에서부터 영접을 받았던 것이다. 또한 그 가운은 프랑스 파리, 신비스러운 백작 부인들, 베르사유, 결투용 검, 명배우 피스케 부인과 도박장을 떠올리게 만들었다. 부인이 국제적 무대의 인물로 러시아를 위해서 그 희고 가느다란 손으로 여러 나라를 조종하고 있다는 터무니없는 소문도 호텔 안에 퍼졌다. 세계를 마음껏 여행하고 다니는 보몽 부인이 한여름의 더위를 피해 미국 내에서 가장 부러워할 만한 휴양지로 품격 높은 로터스 호텔을 선택했다는 것은 어쩌면 당연한 것이었다.

보몽 부인이 이 호텔에 묵은 지 사흘째 되던 날, 청년 한 사람이 나타나 호텔 숙박부에 이름을 적어 넣었다. 그의 옷차림은 ― 흔히 사람들을 평가하는 순서로 얘기하자면 ― 최신 유행에, 외모 또한 잘생긴데다가 단정하고 말투는 차분하고 세련돼 보였다. 그는 호텔 지배인에게 사흘이나 나흘 묵을 예정이라면서 유럽행 선박의 출항에 대해 몇 가지 물어보았다. 그리고는 마음에 드는 숙소를 찾아서 무척 만족스러워하는 여행객처럼 세상에 둘도 없는 기쁨을 주는 호텔의 고요 속에 몸을 맡겼다.

청년의 이름은 ― 숙박부에 기재한 대로 보면 ― 해롤드 패링턴이었다. 그는 이 호텔의 배타적인 고요 속으로 슬며시 들어왔기 때문에 휴식을 찾는 나른 손님들에게 전혀 방해가 되지 않았다. 그는 이 호텔에서 최고급 식사와 신화에서나 나올 듯한 열매를 먹으며, 다른 행복한 항해자들과 함께 무한한 평화 속에 잠겨 들었다. 그는 하루 만에 자기만의 식탁과 종업원을 갖게 되었고 다른 사람들과 마찬가지로 브로드웨이의 더위를 피하여 휴양처를 찾고 있는 사람들이 평화로운 이 안식처를 곧 엉망으로 만들지나 않을까 염려하게 되었다.

해롤드 패링턴이 투숙한 다음날 저녁, 식사를 마치고 나가던 보몽 부인은 손수건을 떨어뜨렸다. 패링턴 씨는 그 손수건을 주워 그녀에게 돌려주었다. 그렇지만 그것을 계기로 그녀와 사귀어 보겠다는 생각은 없었다.

이곳에 묵고 있는 안목 높은 두 손님 사이에는 어떤 신비적인 연대감 같은 것이 작용하고 있었는지도 모른다. 또 두 사람 모두 브로드웨이의 한 호텔에서 최고의 피서를 즐기게 되어 행운이라는 생각으로 서로에게 마음이 끌리고 있었는지도 모른다. 예의 바르지만 형식적이지 않은 몇 마디 말을 주고받았다. 피서지의 분위기에 휩싸인 두 사람은 금방 친해져서 마법사의 신비한 꽃처럼 곧 꽃이 피고 열매를 맺었다. 그들은 복도 끝에 있는 발코니에 서서 가벼운 대화를 나누었다.

"늘 가는 피서지는 이젠 지겨워요." 보몽 부인은 달콤한 미소를 지으며 말했다.

"소음과 먼지를 피해 보려고 산이나 바닷가로 도망쳐 봤자 소용없어요. 소음과 먼지를 만들어 내는 사람들이 늘 우리의 뒤를 쫓아다니고 있는걸요."

"심지어는 바다에까지도."

패링턴은 슬픈 표정으로 말했다.

"세상의 속물들은 항상 따라다니지요. 최고급의 호화스러운 여객선도 이젠 나룻배보다 나을 게 없어요. 이 호텔이 사우전드 섬이나 매키낵 섬보다도 브로드웨이에서 멀리 떨어져 있는 것 같다는 것을 피서객들이 알아차리는 날이면 모든 것이 끝장나고 맙니다."

"어쨌든 우리들의 낙이 앞으로 일주일 동안만이라도 무사했으면 좋겠어요." 하고 보몽 부인은 한숨과 미소를 지으며 말했다.

"사람들이 계속해서 이 로터스 호텔로 몰려들게 된다면 전 이제 어디로 가야 좋을지 모르겠어요. 여름철을 이렇게 즐겁게 보낼 장소는 이제 딱 한 군데밖에 없지요. 저 우랄 산맥에 있는 폴린스키 백작의 성 말이에요."

"바덴바덴과 칸이 이맘때면 한산하다는데."라고 패링턴이 말했다.

"해마다 오래된 피서지들은 점점 인기가 떨어지고 있어요. 우리 같은 사람들은 아마도 눈에 띄지 않는 조용한 곳을 찾아 헤매고 있을 겁니다."

"전 앞으로 사흘간 더 이 상쾌한 휴식을 즐길 거예요."

보몽 부인은 말했다. "다음주 월요일에 세드릭호가 출항하거든요."

해롤드 패링턴의 얼굴에는 아쉬운 표정이 떠올랐다.

"저도 월요일에 떠나야 합니다. 외국으로 가는 건 아니지만."

보몽 부인은 외국인들이 하는 것처럼 어깨를 으쓱해 보였다.

"이곳 생활이 매력적이긴 해도 언제까지나 여기에 숨어 지낼 수는 없어요. 그 성에서는 날 위해서 한달 이상 파티 준비를 해 왔어요. 꼭 해야 할 파티도 여러 개 있고 — 정말 귀찮은 일이지만. 하지만 로터스 호텔에서 머문 일주일 동안의 일은 절대 잊지 못할 거예요."

"저 역시 잊을 수 없을 겁니다." 하고 패링턴은 가라앉은 목소리로 말했다.

"그리고 전 당신을 싣고 갈 세드릭호를 용서하지 못할 겁니다."

다시 그로부터 사흘 후인 일요일 저녁에 두 사람은 전처럼 발코니의 조그만 식탁을 사이에 두고 마주앉아 있었다. 눈치 빠른 웨이터가 얼음통과 술잔을 가져왔다.

보몽 부인은 매일 저녁식사 때 입는 그 아름다운 이브닝

가운 차림이었다. 그녀는 무언가 골똘히 생각에 잠겨 있었다. 식탁 위 그녀의 손 옆에는 부인용 손지갑이 놓여 있었다. 그녀는 술을 마시고는 지갑을 열어 1달러짜리 지폐 한 장을 꺼냈다.

"패링턴 씨." 하고 그녀는 로터스 호텔 전체를 매혹시켰던 그 미소를 지으며 말을 꺼냈다.

"말씀드리고 싶은 게 있어요. 전 직장으로 돌아가야 하기 때문에 내일 아침 식사 전에 여길 떠나야 해요. 전 캐씨의 맘모스 백화점 안에 있는 양말가게에서 일을 하고 있어요. 제 휴가는 내일 아침 8시까지구요. 패링턴 씨, 이 지폐는 돌아오는 토요일에 주급 8달러를 받을 때까지 제게 남아 있는 돈 전부예요. 당신은 신사답게 제게 무척 친절히 대해 주셨어요. 그래서 여기를 떠나기 전에 모든 걸 말씀드리고 싶었어요. 전 이 휴가를 즐기기 위해서 일년 동안 받은 급료를 거의 대부분 저축했어요. 두 주일까지는 못해도 일주일만이라도 귀부인처럼 지내보고 싶었거든요. 매일 아침 7시에 침대에서 기어 나오지 않고 일어나고 싶은 시간에 일어나서, 부자들이 하는 것처럼 최상의 음식을 먹고 벨을 눌러서 다른 사람의 시중을 받고 싶었던 거예요. 이제 제 소원은 이루어졌어요. 제가 평생 가지고 싶었던 그런 행복한 시간들을 보냈으니까요. 이제 남은 건 다시 나의 직장과 셋방으로 돌아가는 거예요. 패링턴 씨, 당신에게 이 얘기를 하고 싶었어요. 그건 당신이 저를 좋아하는 것 같았고 또 저도, 당신을 좋아했기 때문이에요. 하지만 전 당신을 속일 수밖에 없었어요. 모든 것이 동화처럼 진행되고 있었거든요. 그래서 전 유럽과 책에서 읽었던 외국의 여러 나라에 대한 이야기를 해서 당신이 절 귀부인으로 생각하도록 만들었던 거예요. 그리고 제가 입고 있는 이 옷은 ― 제게 단 한 벌뿐인 맞춤옷 ― 오도우드 앤드 레빈스키 가게에서 할부로 산 거예요.

75달러짜리 맞춤복인데, 10달러를 먼저 현금으로 지불하고, 잔금은 매주 1달러씩 할부로 내기로 했지요. 제 이야기는 모두 끝났어요. 패링턴 씨, 그리고 제 이름은 보몽 부인이 아니라 매미 시비터랍니다. 여러 가지로 친절히 대해주셔서 정말 감사했습니다. 이 1달러는 내일 지불해야 할 드레스 대금이에요. 전 이제 그만 가서 쉬어야겠네요.”

해롤드 패링턴은 태연한 표정으로 로터스 호텔에서 가장 아름다운 손님이 하는 얘기에 귀를 기울이고 있었다. 그는 그녀의 말이 끝나자 윗주머니에서 수표책 같은 작은 수첩을 꺼냈다. 그리고 연필로 무언가를 적어 넣고는 그것을 찢어서 보몽 부인에게 건네주고는 1달러짜리 지폐를 주머니에 넣었다.

"저도 내일 아침에 직장에 나가야 합니다." 하고 그가 입을 열었다. "아니 지금 당장 일을 시작하는 게 좋겠군요. 그것은 대금 1달러에 대한 영수증입니다. 저는 3년째 오도우드 앤드 레빈스키 상점에서 수금원으로 일해 오고 있습니다. 그런데 당신과 제가 휴가를 보내는 계획이 같았다니 참 재미있는 일이군요. 전 언제나 호화스런 호텔에 투숙해 보고 싶었습니다. 그래서 주급 20불을 거의 다 저축해서 하고 싶었던 일을 해 보았지요. 매미 양, 어떻습니까? 이번 토요일 밤에는 보트를 타고 코니 섬에 가 보지 않겠습니까?"

가짜 엘로이즈 다르시 보몽 부인의 얼굴이 환해졌다.

"네, 가고말고요, 패링턴 씨. 토요일에는 일이 12시에 끝나요. 지난 일주일을 정말 호화롭게 보내기는 했지만, 코니 섬에도 가 보고 싶네요."

발코니 아래에선 7월의 밤에 찌는 듯한 거리가 시끄러운 소리를 내고 있었다. 로터스 호텔 내부는 서늘한 그늘이 드리워져 있었으며, 눈치 빠른 웨이터는 부인과 그 호위자의 부름에 언제든지 응할 수 있도록 창가에 서서 대기하고 있었다.

엘리베이터 문 앞에서 패링턴은 보몽 부인과 작별 인사를 했다. 보몽 부인에게는 이것이 로터스 호텔에서 마지막으로 타는 엘리베이터였다. 두 사람이 소리 없이 미끄러져 내려오는 엘리베이터 앞에 도착하기 전 그는 이렇게 말했다.

"이제 해롤드 패링턴이란 이름은 잊어 주십시오. 제 진짜 이름은 맥매너스입니다. 제임스 맥매너스. 어떤 사람들은 지미라고도 부릅니다."

"안녕히 주무세요, 지미." 하고 부인은 말했다.

마녀의 빵

미스 마더 미첨은 길모퉁이에서 조그만 빵 가게를 하고 있었다.(세 개의 계단을 올라가서 문을 열면 '찌르릉' 벨소리가 울리는 그런 가게이다.)

그녀는 2천 달러가 예금된 은행 통장과 두 개의 의치와 풍부한 인정미를 가진 마흔 살의 여자였다. 그러고 보면 세상에는 미스 마더보다 결혼할 기회는 훨씬 적었지만 지금은 결혼해서 잘 살고 있는 여자가 많을 것이다.

그녀의 가게에 일주일에 두세 번 정도 들르는 단골손님이 있었는데, 그녀는 차츰 이 손님에게 관심을 가지게 되었다. 그는 안경을 낀 중년 남자로 갈색 턱수염을 항상 가지런히 깎아 턱이 뾰족해 보였다. 그는 독일식 억양이 강하게 섞인 영어를 구사했다. 다 헤진 옷은 여기저기 기운 자국이 있었고, 꼬깃꼬깃하게 구겨진데다 매우 헐렁했다. 하지만 그는 언제 보아도 단정해 보였고 예의가 발랐다. 그는 미스 마더의 가게에서 언제나 단단하게 굳은, 묵은 빵을 두 덩어리씩 샀다. 새로 구워 낸 것은 한 개에 5센트였지만 묵은 빵은 두 개에 5센트였던 것이다. 이 손님은 바로 그 싼 빵만 항상 사 가지고 갔다.

어느 날 미스 마더는 그의 손가락에 빨강과 고동색 얼룩이 묻어 있는 것을 보았다. 그녀는 그가 매우 가난한 화가라고 생각했다. 분명히 어딘가의 다락방에서 굳은 빵을 씹으며 그림을 그리고 있을 것이리라. 그러면서 우리 가게의 맛있고 신선한 빵들을 생각하고 있겠지.

그녀는 누릇한 고기 조각과 롤빵 그리고 잼이 든 접시와 찻잔을 앞에 놓고 앉아 ― 그 예의 바른 화가가 썰렁한 다락방에서 혼자 떨지 말고 ― 딱딱하게 굳은 빵 대신에 자기와 같은 식탁에 앉아 이 음식들을 나눠 먹게 된다면 얼마나 좋을까 하는 생각으로 종종 한숨을 내쉬곤 했다. 앞서 얘기했지만 그녀는 인정 많은 여자이니까 말이다.

그러던 어느 날 그녀는 그의 직업에 대한 자기의 짐작이 맞는지 확인해 보려고 경매에서 사들인 그림 한 점을 들고 나와 카운터 뒤의 선반에 세워 놓았다. 그것은 베니스의 풍경화였다. 앞쪽에는 웅장한 대리석 궁전(그림에는 그렇게 씌어 있다.)이 그려져 있고, 물에 손을 담근 귀부인이 타고 있는 곤돌라와 구름과 하늘이 있는데 명암의 기법을 많이 사용한 것이었다. 직업이 화가라면 그림은 쉽게 눈에 띄는 법이다.

이틀 후에 미스 마더의 가게에 그가 찾아왔다.

"묵은 빵 두 개 주세요."

그녀가 빵을 싸고 있는 동안 그가 말했다.

"매우 좋은 그림이군요, 아주머니."

"그래요?" 하고 미스 마더는 자기의 짐작이 딱 들어맞았다는 사실에 기분이 좋아져서 말을 계속했다.

"전 미술을…… 그러니까……(아니야, 이렇게 빨리 화가라는 말을 써서는 안 되지.) 그림을 좋아하는 편이에요."

그녀는 그의 눈치를 보더니 한마디 더 했다.

"그런데 이게 정말 좋은 그림이라고 생각하세요?"

"궁전은." 하고 그 손님은 대답했다.

"사실 썩 잘된 편은 아니에요. 원근법이 틀렸어요. 그럼, 안녕히 계세요."

빵을 받아든 그가 인사하기가 바쁘게 나가 버리자 미스 마더는 그림을 다시 원래 있던 자리에 가져다 놓으며 '맞

아. 저 사람은 화가임에 틀림없어.' 하고 단정 지었다.

안경 뒤에 숨겨진 그의 눈은 어쩌면 그렇게 부드럽고도 상냥하게 빛나는 걸까. 또 시원스럽게 넓은 이마는 어떻고. 첫눈에 원근법이 잘못된 것을 알아차릴 정도의 실력인데, 딱딱한 빵만 먹고 살지 않으면 안 된다니……. 하지만 천재들이란 원래 인정을 받기까지 숱한 고생 속에서 힘겨워하게 마련 아닌가! 만약에 나의 2천 달러의 은행 예금과 빵 가게와 풍부한 인정미로 그를 후원해 줄 수만 있다면 미술을 위해서나 원근법을 위해서 정말 좋은 일일 텐데……. 하지만 그것은 한낱 꿈에 불과했다.

요즈음 그는 가게에 들르면 그녀와 진열장을 사이에 두고 여러 가지 잡담을 나누다가 돌아갔다. 그는 미스 마더의 명랑한 수다를 매우 좋아하는 것 같았다. 그런데 그는 여전히 묵은 빵만을 사 갔다. 케이크도, 파이도, 특히 그녀가 제일 자신 있게 구워 내는 맛있는 샐러리(구워서 금방 먹는 빵으로 이것을 팔러 다니던 소녀의 이름에서 유래되었다.)도 그는 단 한 번도 사 가지 않았다.

그가 점점 여위어 가고 기운도 없어 보였기 때문에 그녀는 매우 걱정스러웠다. 그가 사 가는 초라한 빵에 무언가 맛있는 것을 보태 주고 싶은 생각이 간절했지만 막상 그와

마주 대하면 용기가 나지 않았다. 그녀는 예술가는 자존심이 강하다는 것을 너무나 잘 알고 있었던 것이다.

언제부턴가 미스 마더는 가게에 나올 때 물방울무늬가 곱게 깔린 실크 블라우스를 입곤 했다. 그리고 방에서 마르멜로 씨앗과 붕사로 혼합물을 만들었는데, 이것을 바르면 얼굴이 예뻐진다고 해서 많은 사람들이 사용하고 있었다.

어느 날, 여느 때와 다름없이 가게에 나타난 그는 5센트짜리 하얀 동전을 진열장 위에 올려놓으며 묵은 빵을 주문했다. 미스 마더가 카운터 쪽으로 손을 내밀었을 때, 마침 '웨—엥' 하는 요란스런 소리를 내면서 소방차가 지나갔다. 누구나 그렇듯이 그는 호기심 때문에 얼른 문가로 가서 내다보았다. 그 순간 좋은 생각이 떠오른 미스 마더는 그 기회를 놓치지 않았다.

카운터 안의 맨 아래 선반에는 10분 전에 우유 장수가 배달해 온 신선한 버터 1파운드가 있었다. 미스 마더는 빠른 동작으로 두 개의 묵은 빵을 자르고는 그 속에 버터를 듬뿍 집어넣은 다음 표시가 나지 않도록 꼭 붙여 놓았다. 그가 카운터로 돌아왔을 때 그녀는 빵을 포장하고 있는 중이었다. 가벼운 잡담을 나누고 손님이 돌아간 뒤, 미스 마더는 혼자서 빙긋이 미소 지었다. 하지만 가슴은 두근거리고 있었다.

　내가 너무 대담했던 것일까? 그이가 화를 내지 않을까? 아니 그럴 리는 없을 거야. '꽃말'이란 것은 들어 보았어도 '음식말'이란 것은 없는걸. 버터 때문에 여자가 주제넘었다고 할 이유는 없을 거야.

　그녀는 하루 온종일 그가 자기의 이 조그만 기만을 발견했을 순간을 상상하며 지냈다.

　그는 붓과 팔레트를 내려놓을 것이고 아마 거의 완벽한 원근법으로 그려진 그림이 이젤 위에 놓여 있을 것이다. 그는 딱딱하게 굳은 빵과 물을 가져다 점심을 먹기 위해 빵을 얇게 썰 것이다. 오오! 미스 마더는 얼굴이 붉게 상기되었다. 그분은 빵을 먹으면서 그 속에 버터를 넣어 준 나의 손을 생각해 줄까? 그분은.

　그때 갑자기 입구에서 벨이 시끄럽게 울렸다. 그리고 누군가가 요란한 기세로 가게 안으로 들어왔다. 미스 마더는 서둘러 가게로 나가 보았다. 두 사람의 남자가 서 있었다. 한 사람은 전혀 본 적이 없는 젊은 남자로 담배를 물고 있었고, 한 사람은 바로 그 화가였다.

　시뻘게진 얼굴로 모자를 바싹 뒤로 젖혀 쓴 화가는 머리가 덥수룩하게 헝클어져 있었다. 그는 꽉 움켜쥔 두 주먹을 미스 마더를 향해 맹렬히 흔들어 댔다. 하필이면 미스 마더에게…….

"이 바보야!" 하고 그는 여태껏 그녀가 들어 본 적이 없는 크고 무서운 음성으로 외쳤다.

그는 '멍청이'라든가 결코 칭찬으로 생각할 수 없는 말들을 독일어로 계속해서 지껄여 댔다. 젊은 남자가 그를 달래서 데리고 나가려고 애쓰고 있었다.

"아냐, 난 그냥 갈 수가 없어!" 하고 그는 화가 치미는 것을 참을 수 없다는 듯 소리쳤다.

"이 여자한테 따끔하게 한 마디 해 주기 전에는, 절대!"

그리고 그는 카운터를 두 주먹으로 쾅 내리쳤다.

"당신은 날 망쳤어!" 하고 그는 푸른 눈동자를 희번덕거리며 소리쳤다.

"알겠어? 이 주제도 모르는 건방지기 짝이 없는 여자야!"

미스 마더는 비틀거리며 진열대에 기대어 서서 한 손으로 물방울무늬의 실크 블라우스를 만지작거렸다. 젊은 남자가 화가의 옷깃을 붙잡고 말했다.

"자, 이젠 가자구……. 할 만큼 다 했잖아."

그는 성난 화가를 문밖으로 데리고 나가 거리에 세워 놓고는 다시 돌아왔다.

"역시 얘기를 하는 것이 좋겠군요, 아주머니." 하고 그는 말했다.

"이런 소동이 일어나게 된 까닭을요. 저 사람의 이름은 블럼버거인데 건축 제도사로 일하고 있지요. 나도 저 사람과 같은 직장에서 일하고 있습니다. 저 사람은 석 달 전부터 새 시청의 설계도를 그리는 데 온갖 힘을 기울여 왔습니다. 공모전에 낼 작정이었지요. 그리고 마침내 어제, 선을 잉크로 그려 내는 단계까지 완성했습니다. 아시겠지만 제도사는 언제나 연필로 초안을 잡고 그것이 완성된 후에 식빵 조각으로 연필 자국을 지우지요. 고무지우개보다 그 편이 훨씬 더 잘 지워지거든요. 블럼버거는 바로 지우개로 쓸 빵을 계속 댁에서 사고 있었던 것입니다. 그런데 오늘, 이젠 아시겠지만…… 아주머니, 그 버터가 든 빵 때문에 블럼버거의 설계도는 완전히 못쓰게 되고 말았습니다. 이젠 정거장에서 파는 도시락용 샌드위치처럼 조각조각 썰어 버리는 수밖에 없어요. 이젠 아무 소용이 없게 됐어요."

미스 마더는 그녀의 방으로 들어갔다. 그녀는 입고 있던 물방울무늬의 실크 블라우스를 벗고 전에 입던 낡은 갈색 옷으로 갈아입었다. 그리고 마르멜로 씨와 봉사의 혼합물을 창밖 쓰레기통에다 쏟아 버렸다.

을 창밖 쓰레기통에다 쏟아 버렸다.

마지막 잎새

워싱턴 광장 서쪽의 작은 동네에는 여러 개의 길들이 멋대로 얽혀 있어 '플레이스'라고 불리는 길쭉하고 좁은 도로들로 나뉘어져 있다. 이 '플레이스'는 기묘한 각도와 곡선으로 이루어져 있어 한두 번씩은 같은 길을 지나게 된다.

어느 화가는 이 거리에서 그럴듯한 가능성을 생각해 냈다. 즉, 그림물감이나 캔버스 값을 받으러 온 수금원이 이 거리에 들어왔다가 외상값 한 푼 받지 못한 채, 제자리로 다시 돌아온 자신을 만나게 되면 어떨 것인가 하는.

그래서 이 이상하고 낡은 그리니치 마을에는 사방으로부터 미술가들이 몰려들어 북쪽으로 향한 창문과 18세기 풍의 '박공지붕', 네덜란드식의 다락방과, 값싼 셋집을 찾아 여기저기 헤매어 다녔다. 그리고 그들은 6번가에서 백랍제 컵이며 탁상용 화로를 사들고 와서 여기에 '예술가의 마을'을 만들었던 것이다.

벽돌로 나지막하게 지어진 3층 건물 꼭대기에는 수와 존시가 함께 사용하는 화실이 있었다. 존시는 '조앤너'의 애칭이다. 수는 메인 주, 존시는 캘리포니아 주 출신이다. 그들은 8번가의 식당 '델모니코'에서 식사를 하다가 만나게 되었는데 예술과 꽃상추 샐러드, 그리고 소매가 긴 옷 장식에 있어서 서로의 취향이 너무나 비슷한 것을 발견하고는 공동의 화실을 갖게 되었다.

그것은 지난 5월의 일이었다. 그런데 11월이 되자 의사들이 '폐렴'이라고 부르는, 냉혹하고 눈에 띄지도 않는 이 방인이 돌아다니면서 그 차가운 손길로 여기저기 사람들을 건드렸다. 이 약탈자는 동쪽 지역에서 대담하게 활개치고 다니면서 수십 명의 희생자를 내고 드디어 그 좁고도 낡은 '플레이스'의 미로에서 어슬렁거리고 있었다.

이 폐렴 씨는 결코 기사도 정신이 있는 노신사는 아니었다. 캘리포니아의 가벼운 미풍 속에서만 자란 가냘픈 여인이 피투성이 손으로 숨을 헐떡거리는 이 파렴치한의 상대가 될 수는 없었다. 존시는 그의 공격을 받고는 페인트가 칠해진 자신의 쇠 침대에 누워 꼼짝도 못한 채, 그저 네덜란드풍 창 너머로 건너편 벽돌집의 벽만을 바라보고 있었다.

어느 날 아침, 덥수룩한 잿빛 눈썹의 의사가 수를 밖으로 불러냈다.

"저 아가씨가 회복될 가능성은…… 글쎄, 열에 하나라고나 할까."

체온계를 흔들어 내리면서 의사는 말했다.

"그 가능성이란 것도 저 아가씨가 살고 싶다고 원할 경우에 해당되는 말이지. 지금처럼 장의사나 기다리는 마음이라면 아무리 약을 먹어도 소용이 없어요. 당신 친구는 스스로 나을 가망이 없다고 생각을 굳힌 것 같군요. 혹시 저 아가씨가 마음에 두고 있는 일이라도 있는 건가요?"

"저애는…… 언젠가는 꼭 나폴리 만(灣)을 그려 보고 싶댔어요."

"그림이라고? 터무니없는 소리! 그보다는 마음속에 골똘히 생각하고 있는 것이 뭐 없느냐 말이야. 가령 남자라든가……."

"남자라구요?"

수는 퉁명스럽게 대답했다.

"그럴 만한 남자가……. 아뇨, 그런 건 아무것도 없어요, 선생님."

"그렇다면 곤란한데." 하고 의사는 말했다.

"내 힘이 닿는 데까지 의학으로 할 수 있는 것은 모두 해 보겠지만 환자가 자기 장례식에 올 마차의 수나 세고 있다면 약의 효력은 50%로 떨어지는 거야. 만약, 저 아가씨가 올 겨울에는 어떤 외투 소매가 유행할지 생각할 정도만 된다면 가능성은 열에 하나가 아니라 다섯에 하나라고 믿어도 좋아요."

의사가 돌아간 뒤, 수는 작업실로 들어가서 냅킨이 흠뻑 젖을 정도로 울었다. 그리고는 화판을 들고 휘파람을 불면서 존시의 방으로 들어갔다.

존시는 침대 이불에 주름 하나 만들지 않은 채 창문 쪽을 향해 조용히 누워 있었다. 그녀가 잠이 든 것 같아 수는 휘파람을 그쳤다.

수는 화판을 세워 놓고서 잡지 소설에 쓰일 삽화를 펜으로 그리기 시작했다. 젊은 작가가 잡지에 소설을 쓰면서 문학의 길을 개척해 나가는 것처럼, 젊은 화가는 예술의 길을 닦기 위해 잡지에 삽화를 그려야 하는 것이다.

수가 소설의 주인공인 아이다호(미국 북서부 록키산맥의 서쪽 지방을 차지하는 주) 카우보이의 멋있는 승마용 바지와 외알박이 안경을 그리고 있을 때, 몇 번이나 되풀이되는 나지막한 중얼거림이 들려왔다. 수는 급히 존시 곁으로 다가갔다.

존시는 눈을 커다랗게 뜨고 있었다. 그녀는 창밖을 내다보면서 숫자를 거꾸로 세고 있었다.

"열둘." 하더니 잠시 후엔 "열하나." 그리고 "열.", "아홉." 다음엔 연달아 "여덟.", "일곱."…….

수는 걱정스럽게 창밖을 내다보았다. 무엇을 세고 있는 것일까? 보이는 것이라고는 텅 빈 쓸쓸한 마당과 20피트쯤 떨어져 있는 벽돌집의 빈 담벼락뿐이었다. 뿌리가 울퉁불퉁한 채 썩어 가고 있는 늙은 담쟁이덩굴이 벽의 중간쯤까지 타고 올라가 있었다. 싸늘한 가을바람에 담쟁이 잎은 거의 다 떨어지고 뼈만 앙상한 가지가 허물어져 가는 담벼락에 매달려 있었다.

"이봐, 뭘 하는 거니?" 수가 물었다.

"여섯." 하고 속삭이듯 존시가 말했다.

"점점 더 빨리 떨어지는군. 사흘 전에는 백 개나 됐었는데, 세려면 골치가 아플 정도로 말이야. 그런데 지금은 쉬워졌어. 아, 또 하나 떨어졌어. 이젠 다섯 개밖에 안 남았어.”

“뭐가 다섯 개라는 거야? 말 좀 해 봐.”

“잎새 말이야. 담쟁이덩굴에 매달린 잎새. 마지막 잎새가 떨어지면 나도 죽는 거야. 나는 3일 전부터 알고 있었어. 의사 선생님이 얘기 안 하셔?”

“그런 터무니없는 소리는 들어 보지도 못했어.”

수는 경멸하는 투로 말했다.

“담쟁이 잎이 떨어지는 것과 네 병이 대체 무슨 상관이니? 네가 지나치게 담쟁이를 좋아한 탓이야. 바보 같은 소리 하지 마. 오늘 아침 의사 선생님이 네 병이 나을 가능성은 90%라고 했어. 그건 말이야, 이 뉴욕에서 우리가 전차를 타거나 신축 공사 중인 빌딩 옆을 걸을 때도 그만한 위험은 따를 거야. 자, 이 수프를 좀 마셔 봐. 그리고 내가 다시 그림을 그리게 해 줘. 이 그림을 끝내야 편집자한테 돈을 받아서 네가 마실 포도주와 또 내가 좋아하는 돼지고기를 살 수 있잖아.”

“포도주는 이제 더 사지 않아도 돼.”

존시는 여전히 창밖을 응시한 채 말했다.

“또 한 잎 떨어지네. 난 수프도 먹기 싫어. 이제 네 개뿐이야. 어두워지기 전에 저 마지막 잎이 떨어지는 것을 보고 싶어. 그러면 나도 가는 거야.”

“존시!”

수는 존시에게 몸을 굽히며 말했다.

“내가 일을 다 끝낼 때까지 눈을 감고 창밖을 내다보지 않겠다고 약속해 줄래? 저 그림을 내일까지는 갖다 줘야 한단 말이야. 그림 그리는 데 빛이 필요하지 않다면 당장 커튼을 내렸을 거야.”

“다른 방에 가서 그릴 순 없어?”

존시는 냉정한 목소리로 말했다.

“네 곁에 함께 있고 싶어.”

수는 말했다.

“그리고 저런 우스꽝스런 담쟁이 잎 따위 안 봤으면 좋겠어.”

“그럼, 다 그리면 알려 줘.”

존시는 쓰러진 조각상처럼 창백한 얼굴로 조용히 눈을 감았다.

“나는 마지막 잎새가 떨어지는 것을 보고 싶어. 이젠 지쳤어. 생각하는 것도 지겨워. 모든 것에 대한 집착을 버리고 저 불쌍하고 지친 잎새처럼 아래로, 아래로 떨어져 가고 싶어.”

“잠을 좀 자도록 해 봐.”

수는 말했다.

“난 버먼 씨에게 혼자 사는 늙은 광부의 모델이 되어 달라고 해야겠어. 금방 돌아올 테니까 내가 올 때까지 꼼짝 말고 있어.”

버먼 노인은 아래층에 살고 있는 화가였다. 나이는 예순이 넘었고 미켈란젤로가 그린 모세의 수염 같은 곱슬수염이 반인반수인 사티로스 신 같은 얼굴에서부터 작은 악마와 같은 몸집에 늘어져 있었다.

버먼은 실패한 화가였다. 40년 동안이나 줄기차게 그림을 그려 왔지만, 아직 미의 여신의 옷자락에 닿아 보지도 못했다. 입버릇처럼 걸작을 그리겠노라고 늘 말하지만 시작조차 못하고 있었다. 지난 수년 동안 상업용이나 광고용 그림을 서툰 솜씨로 그릴 뿐이었다. 그는 직업 모델을 쓸 여유가 없는 이 지역의 젊은 화가들에게 모델이 되어 주고 몇 푼의 돈을 벌고 있는 처지였다. 그는 술에 의지해 살면서도 장황스레 앞으로 그릴 걸작품에 대한 이야기를 늘어놓았다.

이 사납고 작은 체구의 노인은 유약한 사람들을 심하게 꾸짖으면서도 위층에 사는 두 젊은 화가에 대해서만은 그들을 지켜 주는 충견임을 자처하고 있었다.

수가 아래층으로 내려갔을 때 버먼 노인은 어두운 방에서 술 냄새를 물씬 풍기며 앉아 있었다. 방 한구석에는 25년 동안이나 걸작의 최초의 붓질이 그려지기를 기다리는 텅 빈 캔버스가 놓여 있었다. 수는 노인에게 존시의 이상한 생각을 털어놓고, 그녀가 만일 세상에 대한 집착을 버리고 나약해진다면 가볍고 약한 나뭇잎처럼 날아가 버릴지도 모른다고 걱정했다. 버먼 노인은 핏발이 선 눈에서 눈물을 계속 흘리며, 그 어리석은 생각에 대해 경멸과 조소를 퍼부었다.

"무슨 소리야. 담쟁이 잎이 떨어진다고 자기도 죽게 된다니 그런 바보 같은 말을 하는 사람이 어디 있어. 난 아직까지 그런 말은 들어 본 적이 없어. 그만 둬, 아가씨처럼 바보 같은 사람의 모델 노릇은 하지 않을 테야. 도대체 왜 존시가 그런 생각을 하도록 내버려 두는 거지?"

"그애는 너무 아픈데다 쇠약해졌어요." 수는 말했다.

"열이 높아서 머리가 이상해졌는지 이상한 생각만 하는 것 같아요. 버먼 씨, 모델이 되고 싶지 않으면 하지 않으셔도 상관없어요. 하지만 전 할아버지를 지독한 변덕쟁이로 생각하겠어요."

“아가씨도 별 수 없는 여자로군.” 버먼이 소리쳤다.

“누가 모델이 되어 주지 않는다고 했어? 자, 가자구. 나는 벌써 30분 전부터 모델이 되겠다고 말하려 했지. 여긴 존시처럼 착한 사람이 병들어 누워 있을 곳이 못 되지. 나도 이젠 걸작을 그리겠어. 그렇게 되면 우리 모두 여기를 떠나자구. 암 그렇고말고.”

두 사람이 위층으로 올라갔을 때 존시는 자고 있었다. 수는 커튼을 내리고 버먼 씨에게 옆방으로 오라고 손짓을 했다. 그리고 그들은 창밖의 담쟁이덩굴을 두려운 얼굴로 쳐다보았다. 잠시 동안 아무 말 없이 서로의 얼굴을 마주보았다.

차가운 진눈깨비가 계속 내리고 있었다. 낡은 청색 셔츠를 입은 버먼은 바위 대신 냄비를 엎어 놓은 후 그 위에 걸터앉아 광부의 포즈를 취했다.

이튿날 아침, 수가 한 시간쯤 자고 나서 눈을 떠 보니 존시는 힘없는 눈을 크게 뜨고 창에 드리워져 있는 녹색 커튼을 바라보고 있었다.

“커튼을 올려 줘. 내가 볼 수 있게 해 줘.”

그녀가 속삭이듯이 말했다. 수는 마지못해 그녀가 시키는 대로 했다.

그런데 어찌된 일인가! 밤새 쉬지 않고 몰아친 비와 성난 바람을 견뎌 내고 벽돌담에는 아직 담쟁이 잎새 하나가 매달려 있는 것이 아닌가. 그것은 담쟁이덩굴에 붙어 있는 마지막 잎새였다. 아직 안쪽은 짙은 녹색인 그 잎사귀는 톱니처럼 가장자리가 누런색을 띤 채로 땅에서 20피트쯤 되는 높이의 가지에 용감하게 매달려 있었다.

"마지막 잎새야."

존시는 말했다.

"지난밤에 저 잎사귀가 떨어져 버렸을 거라고 생각했어. 바람 소리를 들었거든. 오늘은 떨어질 거야. 그렇게 되면 나도 함께 죽어 가는 거야……."

"어머, 애!"

수는 피곤한 얼굴을 베개에 기대면서 말했다.

"네 자신을 생각하기 싫다면 이젠 내 생각을 좀 해 줘. 도대체 난 어떻게 해야 하니?"

하지만 존시는 대답하지 않았다. 이 세상에서 가장 외로운 것은 멀고 신비로운 곳으로 여행을 떠날 채비를 하고 있는 영혼이다. 여태까지 그녀의 마음을 우정이나 세상일에 묶어 두었던 줄이 점점 풀려 감에 따라서 환상이 점점 세게 그녀를 사로잡는 것 같았다.

날이 저물고 황혼이 될 때까지도 그 잎새 하나는 벽 위의 가지에 꼭 매달려 있었다. 밤이 되자 북풍이 불기 시작하고 비가 창문을 두드리며 네덜란드풍 처마에서 빗물이 떨어져 내렸다. 날이 새자마자 존시는 커튼을 올려 달라고 졸랐다. 그러나 담쟁이 잎은 아직도 거기에 남아 있었다. 존시는 누운 채로, 한참 동안 그것을 바라보았다. 그리고 난로 위의 치킨 수프를 휘젓고 있는 수에게 말했다.

"수, 내가 나빴어."

존시가 계속해서 말했다.

"내가 얼마나 나빴는지를 가르쳐 주기 위해서 누군가가 저 담쟁이 잎을 남겨 뒀나 봐. 죽고 싶다는 생각은 죄악이야. 수프를 좀 가져다줘. 그리고 포도주를 넣은 우유하고, 아니 그보다 먼저 손거울을 좀 가져다줘. 그리고 내 등에다 베개를 몇 개 좀 받쳐 줘. 앉아서 네가 요리하는 것을 보고 싶어."

한 시간 후, 존시가 다시 말했다.

"수, 나 언젠가는 나폴리 만을 그려 보고 싶어."

오후에 의사가 왔다. 수는 의사가 돌아갈 때 적당한 구실을 붙여 재빨리 복도로 쫓아 나갔다.

"가능성은 이제 반반이오." 의사는 가늘게 떨고 있는 수의 손을 잡았다. "정성껏 간호만 잘 하면 아가씨가 이기겠어. 그럼 자, 난 아래층의 다른 환자를 진찰하러 가 봐야 돼요. 이름이 버먼인데 그림을 그리는 사람인가 봐. 역시 폐렴인데 늙고 몸이 허약한데다가 급성이야. 살아날 가망이 거의 없어. 하지만 좀 더 편하게 해 주려고 오늘 병원에 입원시키기로 했지."

다음날 아침, 의사가 수에게 말했다.

"이제 위기는 넘겼어요. 마침내 당신이 이겼어요. 이젠 영양 섭취를 충분히 해 주고 간호만 잘 하면 돼요."

그날 오후, 수가 침대로 다가가 보니 존시는 누운 채 만족스럽다는 얼굴로 열심히 짙은 초록색 털목도리를 뜨고 있었다. 수는 그녀를 꼭 껴안았다.

"네게 할 말이 있어." 하고 수는 말했다.

"버먼 씨가 오늘 병원에서 폐렴으로 돌아가셨어. 앓은 지 이틀밖에 안 됐는데⋯⋯. 병난 첫날 아침에 그분 방에서 쓰러진 채 발견됐을 때, 옷과 구두가 흠뻑 젖어 있고 얼음같이 차갑더래. 모두들 날씨가 그렇게 사나운 밤에 도대체 어디를 갔다 오셨는지 짐작할 수 없다는 거야. 그러고 나서 불이 켜져 있는 등불과 늘 두던 장소에서 꺼내 온 사다리와 여기저기 흩어져 있는 그림붓들 그리고 초록색과 노란색

물감이 섞여 있는 팔레트를 발견했대. 그리고 창밖 저쪽 벽에 붙어 있는 마지막 담쟁이 잎을 좀 봐. 바람이 불어도 움직이거나 흔들리지도 않는 게 이상하지 않니? 존시, 저것이 바로 버만 씨의 걸작품이야. 마지막 잎새가 떨어지던 날 밤에 그가 그려 놓은 거야."

백작과 결혼식 초대 손님

어느 날 저녁 앤디 도노반이 2번가에 있는 그의 하숙집으로 식사를 하러 갔을 때 주인인 스콧 부인은 새로 하숙하게 된 콘웨이 양을 소개시켜 주었다. 작은 체구에 별로 눈에 띄지 않는 그녀는 잎담배색의 옷을 입고 식사에 열중하고 있었다. 그녀는 수줍은 듯 눈을 들어 도노반 씨를 쳐다보면서 중얼거리듯 자기 이름을 말하고는 다시 양고기 접시로 시선을 돌렸다. 도노반 씨도 사회적으로, 사업적으로, 또 정치적으로 출세하는 데 큰 효과를 거두고 있는 그 고상하고 밝은 미소로 가볍게 머리를 숙여 인사하고는 바로 그의 관심사에서 잎담배색 옷의 여자를 지워 버렸다.

그로부터 2주일 후 도노반 씨는 현관 앞 계단에 걸터앉아 담배를 피우고 있었다. 부드러운 옷자락 소리가 등 뒤에서 들려오자 그는 고개를 돌렸다. 문을 나서고 있는 사람은 콘웨이 양이었다. 그녀는 얇은 검은색 비단 — 진짜 비단이었다 — 드레스를 입고 거미줄처럼 얇은 흑단 베일이 드리워진 검은색 모자를 쓰고 있었다. 그녀는 층계에서 잠시 멈추더니 검은 비단 장갑을 꼈다. 그녀의 옷 어디에서도 다른 색깔은 찾아볼 수가 없었다. 곱슬기가 전혀 없는 그녀의 아름다운 금발은 반짝이며 부드럽게 목덜미까지 땋아 내려져 있었다. 얼굴은 예쁘기보다는 수수해 보였지만 슬픔과 고독이 담긴 커다란 잿빛 눈으로 길 건너편의 하늘 가까이 솟아 있는 집들을 바라보고 있는 그녀의 모습은 무척 아름다워 보였다.

여성 여러분, 여기서 잠깐 생각해 보기로 하자. 최고의 검은색 프랑스 비단으로 온몸을 감싸고 있는 여인. 검은 베일 아래 금발이 빛나고 슬픈 눈으로 먼 곳을 바라보는 여인.(물론 주인공은 금발 머리여야 한다.) 인생을 시작하려는 순간 좌절한 청춘, 하지만 이 순간 밖으로 나와 공원을 산책해 보는 것도 괜찮으련만……. 상복은 언제나 사람의 마음을 슬프게 한다. 그런데 상복에 대해서 이렇게 표현하고 있으니 나는 얼마나 잔인하고 냉소적인 인간인가?

　도노반 씨는 잠시 콘웨이 양을 머릿속에 그려 보았다. 그는 아직 약 8분 정도는 더 태울 수 있는 1.25인치 길이의 담배를 집어던지고는 몸의 중심을 애나멜 가죽으로 된 코가 낮은 구두로 재빨리 옮겼다.

　“맑고 좋은 밤입니다, 콘웨이 양.” 하고 그는 말을 걸었다. 기상대에서 만약 그의 이렇듯 자신 있는 말투를 들었다면 당장에 네모난 흰 깃발을 내걸었을 것이다.

　“다른 사람들은 이런 좋은 날씨를 즐길 수 있겠죠, 도노반 씨.” 하고 콘웨이 양은 한숨을 내쉬며 말했다.

　도노반 씨는 날씨가 좋은 것이 슬그머니 원망스러워졌다. 속없는 날씨가 아닌가. 콘웨이 양을 위해서 우박이 내리든가 눈보라가 휘날리든가 할 것이지…….

　“친척 중에서 혹시— 그러지 않기를 바라지만, 누가 큰일이라도 당하신 건 아닌가요?” 하고 도노반은 용기를 내어 물었다.

　“돌아가신 분은…….” 하고 머뭇거리며 콘웨이 양이 입을 열었다.

　“제 친척은 아니지만 그분은……. 아니에요, 제 슬픔을 당신에게까지 억지로 떠넘길 수는 없어요.”

　“떠넘기다니요?” 하고 도노반은 항의하듯 말했다.

"왜 그런 말씀을, 콘웨이 양. 어서 말해 보세요. 저도 마음이 좋지 않은걸요……. 만약 진정으로 당신을 동정할 수 있는 사람이 있다면 그 사람은 바로 저랍니다."

콘웨이 양은 엷은 웃음을 지었다. 그런데 그 미소를 띤 얼굴이 무표정하던 때보다 더 슬퍼 보였다.

"웃어라, 그러면 세상은 그대와 같이 웃으리라. 울어라, 그러면 세상이 그대에게 웃음을 줄 것이다." 하고 그녀는 누군가의 글을 인용해 읊었다.

"오래전부터 알고 있던 말이랍니다. 사실 이 도시에는 친구는커녕 아는 사람이 하나도 없답니다. 그런데 당신은 제게 친절히 대해 주셨지요. 대단히 감사해요."

하시만 도노반은 그저 식사 중에 그녀에게 후춧가루 병을 건네준 적이 두어 번 있을 뿐이다.

"뉴욕에서 혼자 산다는 것은 고달픈 일이에요. 정말 힘든 일이지요."

도노반이 말했다.

"하지만 작고 오래된 이 도시에서 여유가 생기고 정이 들게 되면 그다지 어려운 일도 아니지요. 잠시 공원에서 산책이라도 하면 어떨까요, 콘웨이 양. 그러면 우울한 기분이 조금 나아질 텐데요. 허락만 하신다면……."

“고맙습니다, 도노반 씨. 가슴이 우울함으로 가득 차 있는 사람과 같이 걷는 게 괜찮으시다면 저는 기꺼이 함께 하겠어요.”

예전에는 특권 계층만이 산책할 수 있었던, 쇠 울타리로 둘러싸인 오래된 공원 안에 들어선 그들은 잠시 거닐다가 조용한 벤치를 발견했다.

젊은이와 나이 든 사람의 슬픔을 비교하면 차이를 발견할 수 있다. 젊은 사람의 슬픔은 다른 사람에게 나누어 주면 줄수록 슬픔이 덜어지는 법인데, 나이 든 사람의 경우에는 아무리 나눠 줘도 여전히 자기의 슬픔으로 남아 있다는 것이다.

“제게는 약혼자가 있었어요.” 하고 그녀는 거의 한 시간이 지나서야 겨우 입을 열었다.

“올봄에 우리들은 결혼하기로 되어 있었어요. 도노반 씨, 제가 당신에게 거짓말을 한다고는 생각지 마세요. 그 사람은 이탈리아에 성과 토지를 갖고 있는 백작이었답니다. 페르난도 마치니 백작이라고 무척 기품 있는 사람이었지요. 그런데 우리 아버지의 반대가 대단했답니다. 우리들은 함께 도망쳤지만 뒤쫓아 온 아버지에게 잡혀 되돌아왔지요. 아마 둘이서 결투까지 했던 것 같아요. 아버지는 프키프시

에서 마차 대부업을 하고 계시지요. 하지만 결국에는 아버지가 고집을 꺾고 우리의 결혼을 승낙하셨어요. 페르난도는 자기의 신분과 재산에 대한 증거 서류를 아버지에게 보여 주고는 우리의 결혼을 위해 성을 수리하려고 이탈리아로 건너갔답니다. 페르난도가 떠나기 전 제게 결혼식에 입을 옷을 사라면서 몇 천 달러를 주려고 하자 자존심이 매우 강한 아버지는 그를 호되게 꾸짖었어요. 그리곤 약혼반지나 다른 선물도 받지 못하게 하셨죠. 페르난도가 배를 타고 떠나간 뒤 저는 이 도시로 나와서 사탕가게의 점원으로 취직했지요. 그런데 사흘 전 이탈리아에서 온 편지를 프키프 시에서 다시 이쪽으로 보내왔는데 페르난도가 곤돌라 사고로 사망했다는 거예요. 이게 제가 상복을 입게 된 이유랍니다. 제 마음은 그와 함께 영원히 묻혀 버릴 거예요. 저는 앞으로 누구에게도 흥미를 느낄 수 없을 것 같아요. 제가 당신의 기쁨을 빼앗거나 당신을 좋아하는 친구들과의 즐거운 시간을 방해해서도 안 되겠지요. 이제 당신은 하숙집으로 돌아가시는 게 좋지 않겠어요?"

여성 여러분, 만일 단도직입적으로 사랑을 구해 오는 젊은 남성의 진심을 알고 싶다면, 그 사람에게 자기의 마음은 이미 다른 사람의 무덤에 가 있다고 말해 보라. 남성들이란 그 무덤도 들춰내려는 도둑 근성을 가지고 있다. 어느 미망인에게든 물어보라. 남자란 검은 프랑스제 비단 드레스를 입고 울고 있는 이 천사의 잃어버린 감정을 회복시키기 위해서 무슨 일이든 벌이게 될 것이다. 그런 의미에서 본다면 이미 죽어 무덤 속에 있는 남성이야말로 가장 불쌍한 존재일 수밖에.

"대단히 죄송합니다." 하고 도노반은 점잖게 거절했다.

"전 아직 하숙집으로 가고 싶은 마음이 전혀 없어요. 그리고 앞으로 이 고장에 친구가 없다는 말은 하지 마세요. 콘웨이 양, 괜찮으시다면 저를 친구로 삼으시는 게 어떨까요?"

"여기 제 목걸이 장식 속에 그 사람의 사진이 늘어 있어요." 하고 그녀는 손수건으로 눈가를 훔치며 말했다.

"지금까지 누구에게도 그분의 사진을 보여 준 적이 없어요. 하지만 선생님이라면 괜찮아요. 선생님이 저의 참된 친구가 되어 주실 거라고 믿으니까요."

도노반은 콘웨이가 내민 장식 속의 사진을 한참 동안 들여다보았다. 마치니 백작은 매우 호감이 가는 얼굴이었다. 부드럽고 지성적인데다가 쾌활해 보이기까지 하는 미남형이었다. 말하자면 친구들 사이에서 리더가 될 만한 늠름하고 활달해 보이는 얼굴이었다.

"제 방에는 액자에 들어 있는 큰 사진이 있어요." 하고 콘웨이 양은 말했다.

"하숙집으로 돌아가면 보여 드릴 게요. 이 사진들이 페르난도를 기억할 수 있는 유일한 것이지요. 하지만 그분은 앞으로도 영원히 제 마음속에 계실 거예요. 틀림없이."

도노반 씨는 미묘한 상황에 직면하게 되었다. 말하자면 콘웨이 양의 마음속에서 그 불운한 백작을 몰아내야겠다는 생각이 든 것이다. 그녀에 대한 사모의 마음이 그에게 그런 결심을 하도록 만들었다. 그 계획은 쉽지는 않았지만, 그에게 부담이 될 만큼 크게 와 닿지는 않았다. 동정을 하면서도 유쾌한 친구가 되어 주는 것이 앞으로 그가 맡은 역할이었다. 그리고 그가 그 역할을 잘 해냈기 때문에 약 30분 정도는 아이스크림 접시를 앞에 놓고 깊은 대화를 나눌 수 있었다. 비록 콘웨이 양의 커다란 잿빛 눈동자에는 슬픔이 남아 있었지만.

그날 밤 두 사람이 하숙집 복도에서 헤어지기 직전에 그녀는 2층으로 올라가 하얀 비단보로 곱게 싼 사진틀을 가지고 내려왔다. 도노반 씨는 알 수 없는 눈빛으로 그 사진을 들여다보았다.

"이탈리아로 떠나던 날 밤에 그이가 준 사진이에요." 하고 콘웨이 양이 말했다. "목걸이 속의 사진은 이걸로 다시 만든 거지요."

"멋있는 분이군요." 도노반 씨는 진심을 담아 말했다.

"콘웨이 양, 다음주 일요일 오후에 당신을 코니 섬으로 모시고 가는 영광을 제게 주시겠습니까?"

한달 후 그들은 스콧 부인과 다른 하숙객들 앞에서 약혼을 발표했다. 그동안에도 콘웨이 양은 계속 상복을 입고 있었다.

약혼을 발표한 지 일주일 후 두 사람은 예전의 그 시내 공원의 벤치에 앉아 있었다. 달빛 아래서 흩날리는 나뭇잎들이 희미한 영화의 한 장면 같았다. 도노반은 하루 종일 우울한 얼굴을 하고 있었다. 오늘밤은 그가 너무나 말이 없어 사랑하는 사람으로서는 마음속의 의문을 더 이상 참기 어려웠다.

"도노반, 무슨 일이에요? 오늘밤 그처럼 무뚝뚝하고 우울해 보이니."

"아무것도 아니오."

"난 알아요. 당신은 전에 이런 적이 없었어요. 무슨 일이 있는 거죠?"

"아무 일도 아니라니까."

"네, 물론 그렇겠지요. 하지만 난 알고 싶어요. 당신은 틀림없이 다른 여자를 생각하고 있어요. 좋아요, 그렇게 그 여자를 원한다면 가세요. 이 팔 좀 치워요."

"그럼 내가 말을 해 주겠소." 도노반이 사려 깊게 말을 꺼냈다.

"하지만 당신은 내 말을 정확하게 이해하지 못할 거야. 혹시 '마이크 설리반'에 대해 들어 본 적이 있소? '빅 마이크 설리반이라고 다들 부르는데."

"들어 본 적 없는데요." 그녀는 말했다. "그 사람이 당신을 이렇게 만든 거라면 알고 싶지도 않은데, 그가 누구죠?"

"그 사람은 뉴욕 제일의 거물이라오." 도노반이 존경스럽다는 듯 말했다. "그는 민주당 태머니파와 같이 일한다든지 혹은 정계에서 하고자 하는 것은 무엇이든지 할 수 있어요. 키는 거의 1마일 정도이고 덩치는 이스트 강처럼 넓어요. '빅 마이크'에 반대하는 사람이 있다면 불과 1, 2초 안에 백만 명이 달려들어 그 사람의 멱살을 잡을 거예요. 그가 고국에 잠시 방문이라도 한다면 그곳의 왕들은 토끼처럼 구멍을 찾아 숨기에 바쁠 거요.

그 빅 마이크가 바로 내 친구요. 그는 보잘것없고 가난한 사람에게 친구가 되어 줄 만큼 큰 인물이오. 그런데 오늘 바워리 가에서 우연히 그를 만났는데 그가 날 어떻게 대해 주었는지 아시오? 그는 내게 다가와 악수를 청했어요. '도노반, 당신을 계속 지켜보고 있었어요. 당신은 자기 지역에서 좋은 일을 하고 있더군요. 당신이 자랑스러워요. 한잔 하러 가겠소?' 그는 담배를 한 대 피우고 나는 하이볼을 한 잔 마셨지. 나는 2주 후에 결혼을 하게 됐다고 말했소. '도노반, 청첩장을 보내 주시오. 잊지 않고 꼭 결혼식에 참석하겠소.' 빅 마이크는 내게 그렇게 말했고 그는 자기가 한 약속은 꼭 지키는 사람이오.

콘웨이, 당신은 무슨 말인지 아직 이해가 되지 않겠지만 나는 내 손 하나를 잘라 버리는 한이 있어도 꼭 *그*가 우리의 결혼식에 왔으면 하오. 아마도 그날은 내 일생에서 가장 자랑스러운 날이 되겠지. 그가 우리의 결혼식에 참석하게 되면 우리 부부는 일생을 해로하며 살 수 있을 것 같은데, 오늘밤 내가 침통해하는 이유를 알겠소?"

"그렇다면 그분을 초대하면 되지 않아요? 그 사람이 그토록 좋다면." 콘웨이 양은 가볍게 대꾸했다.

"그럴 수 없는 이유가 있소." 도노반은 슬프게 말했다. "그가 결혼식에 와서는 안 되는 이유가 있는데, 내게는 묻지 마시오. 더는 말할 수가 없으니까.”

“네, 알았어요.” 콘웨이 양은 말했다.

“그건 정치적인 문제 때문일 테니까요. 하지만 당신이 제게 미소를 보이지 않는 것은 그런 문제가 아닌 것 같군요.”

“콘웨이.” 도노반이 말했다.

“당신은 마치니 백작을 생각하는 만큼 나를 생각하고 있나요?”

그가 한참 동안을 기다렸으나 콘웨이 양은 대답이 없었다. 갑자기 그녀가 도노반의 어깨에 몸을 기대고 울기 시작했다. 그의 팔을 꽉 붙잡고는 검은 비단옷이 젖을 정도로 흐느껴 울었다.

“이봐요, 이봐!”

그는 자신의 걱정을 제쳐 놓은 채 콘웨이 양을 달랬다.

“갑자기 왜 그러는 거야?”

“도노반.”

그녀는 흐느껴 울었다.

“전 지금까지 당신에게 거짓말을 했어요. 이제 당신은 저와 결혼도 안 하고 더 이상 절 사랑해 주지도 않겠지요. 하지만 이젠 사실을 말해야겠어요. 도노반, 백작이라는 것은 제가 지어낸 터무니없는 이야기에 불과해요. 전 애인도 없었어요. 다른 여자들은 애인도 있고 또 모두들 애인 자랑하기에 바빴어요. 그렇게 얘기를 하다 보면 남자가 여자를 더 좋아하기라도 하는 모양이에요. 도노반, 당신이 알다시피 전 검은 옷이 아주 잘 어울려요. 그래서 사진관에 가서 사진을 사고 목걸이에 작은 사진도 넣어서 백작과 그의 죽음에 관한 모든 이야기를 꾸며 내고 이렇게 상복을 입었던 거예요. 이런 거짓말쟁이는 아무도 사랑하지 않을 거예요. 당신도 나를 떠나겠지요? 도노반, 전 부끄러워 죽고 싶어요. 당신 말고는 이 세상에서 사랑하는 사람은 아무도 없어요."

그러나 뿌리쳐지리라고 생각했던 것과 달리 그녀는 도노반의 팔이 자기를 더욱 바싹 끌어당기는 것을 알았다. 그녀는 고개를 들고 그의 얼굴을 환한 미소로 바라보았다.

"도노반, 절 용서해 주시겠어요?"

"물론이지." 도노반이 말했다.

"이젠 됐어요. 백작의 이야기는 무덤으로 돌려보냅시다. 콘웨이, 당신이 모든 사실을 밝혀 주었소. 난 당신이 결혼식 전까지 이야기해 주길 바랐던 거요."

"도노반." 콘웨이 양은 그에게 용서를 받았다는 확신이 들자 수줍은 미소를 띠고 말했다.

"그런데 당신은 백작에 관한 이야기를 다 믿었나요?"

"조금도 안 믿었지." 도노반이 담뱃갑으로 손을 뻗으며 말했다.

"왜냐하면 당신의 목걸이 속에 들어 있는 사진이 바로 빅 마이크 설리반이거든."

잘 손질된 램프

물론 이 문제에는 두 가지 면이 있다. 우선 그중에서 한 면을 살펴보기로 하자. 우리는 '숍걸'에 대한 말을 자주 듣는다. 그러나 사실 그런 여자들이 따로 존재하는 것은 아니다. 그들은 단지 상점에서 일하는 아가씨들로 거기서 생계를 유지하고 있을 뿐이다. 그렇다면 사람들은 무엇 때문에 그들의 직업을 그런 형용사로 부르는 것인가? 자, 공평하게 생각해 보자. 우리는 맨해튼 5번가에서 일하는 아가씨들을 '매리지걸'이라고 부르지 않는다.

루와 낸시는 다정한 친구였다. 그들은 먹고살기도 빠듯한 고향을 떠나 일자리를 찾아서 이 도시로 왔다. 낸시는 열아홉, 루는 스무 살이었다. 두 사람 다 예쁘고 활달했지만 배우가 되겠다는 야심 같은 것은 없는 순진한 시골 처녀들이었다.

　다행히 두 아가씨들은 어렵지 않게 싸고 조촐한 하숙집을 발견했다. 그리고 두 사람 모두 일자리를 구해서 급료를 받게 되었고 여전히 사이가 좋았다. 독자 여러분, 이리 가까이 다가앉기 바란다. 나는 이제 이들이 이 도시에 온 지 6개월에 접어들 즈음 일어난 일들을 독자 여러분에게 얘기할 것이다. 그전에 두 사람을 소개해야겠다. 자, 이쪽은 참견하기 좋아하는 독자이고, 그리고 이쪽은 나의 친구인 낸시 양과 루 양. 독자 여러분은 이 두 아가씨들과 악수하는 동안 그들의 옷차림을 눈여겨보기 바란다. 하지만 조심스럽게. 왜냐하면 이 아가씨들은 마술쇼의 특등석에 앉아 있는 숙녀들처럼 빤히 쳐다보면 금방 화를 낼 테니까 말이다.

　루는 세탁소에서 다리미질을 하고 있었다. 그녀는 사이즈가 맞지 않는 자주색 옷을 입고 있었으며, 4인치나 더 긴 깃털이 달린 모자를 쓰고 있다. 그녀가 두르고 있는 흰담비 모피 토시와 목도리는 25달러짜리이지만, 철이 지날 무렵이면 진열장에서 7달러 98센트의 정가표가 붙는 것들이다. 그녀의 두 뺨은 붉게 물들어 있고 엷은 푸른색의 눈을 반짝이고 있었다. 그녀는 스스로 만족스러워하고 있었다.

　낸시는 이른바 '숍걸'이다. 사람들이 습관적으로 부르는 명칭이다. 유형이 따로 있는 것이 아니건만, 괴팍스런 세상 사람들은 항상 유형을 나누는 것을 좋아한다. '유형이란 바로 이런 것이다.'라고 말이다. 낸시의 머리 스타일은 머리를 높게 틀어 올린 퐁파두르식으로 앞머리 쪽은 시원스럽게 올려져 있었다. 스커트는 재생한 모직 제품이었지만, 맵시 있는 플레어가 달려 있었다. 그녀는 쌀쌀한 봄바람을 막아 줄 모피 코트를 입지는 않았지만, 마치 페르시아 산양의 털과 같은 포플린 천으로 된 짤막한 재킷을 맵시 있게 입고 있었다. 유형 나누기를 좋아하는 어느 누가 보더라도 그녀의 얼굴과 눈에는 전형적인 '숍걸'의 모습이 나타나 있다. 그것은 바로 기만당한 여성들의, 고요하지만 경멸에 찬 표정과 앞으로 다가올 복수에 대한 슬픔을 예언하는 듯한 표정이었다. 그녀가 큰 소리로 웃을 때조차도 이 표정은 사라지지 않는다. 이런 표정은 러시아 농부들의 눈동자에서도 볼 수 있다. 그리고 어쩌면 이 표정은 어느 날엔가 우리의 자손들이 우리를 꾸짖는 가브리엘 천사의 얼굴에서 발견하게 될 그런 것이었다. 그것은 바로 남자들을 부끄럽게 만드는 표정이다. 하지만 그들은 그럴 때 능청스럽게 웃어넘기며 꽃다발을 내미는 사람들이다.

자, 이제 이 아가씨들과 작별 인사를 나눌 때가 왔다. 루는 "다시 만나요." 하고 명랑하게 인사를 하고, 낸시는 비웃는 듯하면서도 달콤한 미소를 지으며 마치 지붕 위에서 별나라로 날아가는 흰나비처럼 우리에게 작별을 고하고 있다.

두 아가씨는 길모퉁이에서 댄을 기다리고 있었다. 댄은 루의 근면하고 성실한 남자친구다. 그는 성모 마리아가 잃어버린 새끼 양을 찾으려고 사람을 부를 때 모인 열두 명 중 가장 가까이 있을 듯한 그런 젊은이였다.

"낸시, 춥지 않니?"

루가 말했다.

"이 바보야, 너는 어쩌자고 겨우 일주일에 8달러를 받고 그런 가게에서 일하는 거니! 난 지난주에 18달러 50센트나 벌었단 말이야. 물론 다리미질하는 일은 진열장 뒤에 서서 레이스를 파는 것처럼 멋진 일은 아니지만 돈벌이는 훨씬 낫다구. 다리미질이 창피한 일도 아닌데다가 다리미질하는 사람 치고 일주일에 10달러쯤 못 버는 사람은 없어. 이 일이 점잖지 못한 일이라곤 생각되진 않은데 말이야."

"너나 그런 일을 계속 하렴." 하고 낸시는 큰 소리로 말했다.

"난 주급 8달러와 지금 살고 있는 조그만 방이면 만족해.

난 멋진 상품과 상류층의 손님들과 어울리는 게 더 좋으니까. 게다가 우리 가게에서 일하면 좋은 기회가 얼마나 많다고! 얼마 전에도 장갑 매장의 아가씨 하나는 피츠버그 사람 — 제강업자라든가 제철업자라든가 — 어쨌든 돈 많은 백만장자와 결혼했다구. 나도 언젠가 그런 멋진 사람을 만날 거야. 내가 뭐 예쁜 얼굴로 어떻게 해 보겠다는 건 아니야. 하지만 아주 근사한 기회가 생기면 난 반드시 그 기회를 꼭 잡을 생각이야. 그렇지만 세탁소에서 다리미질이나 하는 여자한테 어떻게 그런 좋은 기회가 오겠니?"

"하지만 난 거기서 댄을 만난걸." 하고 루는 의기양양하게 말했다.

"댄은 일요일에 입을 셔츠를 찾으러 왔다가 맨 앞쪽에서 다리미질을 하고 있던 나를 본 거야. 우린 누구나 맨 앞쪽 다리미대에서 일하고 싶어하지. 그날은 엘라 매기니스가 몸이 아파서 내가 그 자리를 차지하게 된 거야. 댄은 첫눈에 내 팔이 눈에 띄었대. 저렇게 토실토실하고 하얀 팔이 있었다니 하고 말이야. 난 그때 소매를 걷고 있었거든. 세탁소에도 가끔 멋진 남자들이 찾아온단다. 옷가방을 들고 불시에 나타나곤 하지."

"루, 넌 어떻게 그런 블라우스를 걸치고 있니?" 하고 낸

시는 눈꺼풀이 두꺼운 눈에 경멸스런 눈빛을 띠고 내려다
보며 말했다.

"정말이지, 꼴불견이구나."

"이 블라우스가?" 하고 루는 화가 나서 눈을 크게 뜨고
말했다.

"이래 뵈도 이 블라우스는 16달러나 한다구. 사실은
25달러짜리인데 어떤 여자 손님이 세탁을 맡겼다가 찾아
가지 않아서 주인이 나에게 판 거야. 이 블라우스는 손으로
하나하나 수를 놓은 거야. 차라리 네가 입고 있는 그 꼴사
나운 옷에 대해 얘기하는 게 낫겠다."

"이 보기 흉한 싸구려 옷은 말이야, 밴 앨스틴 피셔 부인
이 입었던 옷과 똑같이 내가 만든 거야. 우리 가게 아가씨
들 얘기로는 부인이 작년에 우리 가게에서 사 간 물건값이
무려 1만 2천 달러나 된다더라. 1달러 50센트 들여서 내가
직접 만든 거야. 10피트만 떨어져서 보면 그 부인 옷과 거
의 구별할 수 없단 말씀이야." 하고 낸시는 태연하게 대꾸
했다.

"오, 그래. 네가 굶어 죽어도 허세를 부리고 싶다면야 나
도 어쩔 수 없지. 난 지금 내 일을 계속하면서 보수를 넉넉
히 받아 일이 끝난 후에 내 주머니 사정이 허락하는 범위

내에서 멋지고 예쁜 옷을 사 입겠어.”

바로 그때 댄이 나타났다. 기성품 넥타이를 맨 댄은 도시 청년의 경박함 같은 것은 거의 찾아볼 수 없었다. 주급 30달러를 받는 전기 기술자인 그는 로미오와 같은 슬픈 눈으로 루를 바라보며, 그녀의 수놓은 옷이 마치 파리가 걸리기를 기대하고 있는 거미줄 같다고 생각했다.

“이분은 오웬즈 씨, 댄포스 양과 악수하세요.” 하고 루가 말했다.

“만나게 돼서 매우 반갑습니다, 댄포스 양. 루한테 말씀 많이 들었습니다.” 하고 댄이 손을 내밀며 말했다.

“고맙습니다.” 하고 낸시는 손끝을 잠깐 잡았다 놓으며 말했다.

“저도 루한테 몇 번 얘기 들었어요.”

루는 킬킬거리고 웃었다.

“낸시, 그 악수도 밴 앨스틴 피셔 부인한테서 배운 거니?”

“그렇다고 해 두렴. 하지만 너도 금방 배울 수 있을 거야.”

“아니, 나한테는 필요 없어. 그런 것은 나에게 어울리지 않아. 그런 고상한 악수는 다이아몬드 반지를 자랑할 때나

하는 악수이니까. 그런 반지를 몇 개 산 다음에나 해 볼게.”

“먼저 배워 보렴. 그래야 반지를 좀 더 쉽게 갖게 되지.”
하고 낸시가 깜찍하게 말했다.

“자아, 논쟁은 그만 합시다.” 하고 댄은 언제나처럼 유쾌
한 미소를 띠면서 말했다.

“제가 한 가지 제안을 하죠. 두 분을 티파니 같은 곳에
모시고 갈 형편은 못 되지만, 소극장에 가는 건 어떨까요?
제게 입장권이 있는데. 진짜 다이아몬드를 낀 사람과 악수
를 할 수 없다면, 무대 위의 다이아몬드를 구경하는 것도
괜찮겠지요.”

친절한 신사는 차도 쪽으로 걸어가고, 그 옆에는 공작처
럼 화려하고 멋진 옷을 입은 루가 걸어갔다. 그리고 길 가
장 안쪽으로 날씬한 몸에 참새처럼 수수한 옷을 입은 낸시
가 진짜 밴 앨스틴 피셔 부인처럼 걸어갔다. 이렇게 세 사
람은 적당한 기분 전환을 위한 저녁 시간을 보내기 위해 걷
고 있었다.

나는 많은 사람들이 큰 백화점을 하나의 교육 기관으로
생각한다고는 보지 않는다. 그러나 낸시가 근무하고 있는
백화점은 그녀에게는 교육 기관이나 다름이 없었다. 그녀
는 고상하고 세련된 분위기를 자아내는 아름다운 물건들에

둘러싸여 있었다. 사치스러운 분위기에서 살고 있으면 그 것을 위해 자신의 돈을 지불했건 남의 돈을 지불했건 간에 사치가 몸에 배게 되는 법이다.

그녀가 상대하는 대부분의 손님들은 옷이나 몸가짐이나 사회적 위치에 있어서 다른 사람들에게 기준이 되는 부인 들이었다.

낸시는 그런 부인들에게서 자기가 최고라고 생각하는 것들을 하나하나 배웠던 것이다. 어떤 부인에게서는 몸짓 을, 또 어떤 부인에게서는 멋지게 눈썹을 치켜 올리는 법 을, 또 다른 부인들로부터는 걸음걸이와 손지갑을 들고 걷 는 법, 미소 짓는 법, 친구에게 인사하는 법 그리고 아랫사 람들에게 말을 건네는 법도 배웠다. 그녀가 가장 존경하는 밴 앨스틴 피셔 부인으로부터는 은그릇처럼 맑고 티티새의 소리처럼 발음이 명료한, 부드럽고도 나지막한 목소릴 배 웠다. 이런 상류사회의 세련되고 우아한 분위기 속에서 살 고 있는 낸시는 그것들로부터 많은 영향을 받았다. 훌륭한 습관은 훌륭한 원칙보다 낫다는 말이 있듯이, 아마도 훌륭 한 태도는 훌륭한 습관보다 나은 모양이다. 어느 누구도 부 모의 가르침으로 뉴잉글랜드식의 양심을 지켜 낼 수는 없 는 법이지만, 딱딱한 등받이 의자에 앉아서 '프리즘과 필그

70

리즘'이라는 말을 40번쯤 되풀이하면 악마도 물리칠 수 있을 것이다. 마찬가지로 낸시는 밴 앨스틴 피셔 부인의 말투를 흉내 내어 말할 때마다 마치 타고난 '노블리스 오블리제'가 된 것 같은 짜릿한 감정을 느끼는 것이었다.

이 큰 백화점 학교에서는 그밖에도 배울 점이 또 하나 있었다. 점원 아가씨들이 서너 명씩 모여서 쇠줄로 만든 팔찌를 짤랑거리며 잡담을 하고 있을 때마다, 그들이 그저 에델의 뒷머리 모양에 대해 이러쿵저러쿵 떠들고 있다고 생각해서는 안 된다. 그런 모임은 남성들의 신중한 모임처럼 권위가 없을지는 모르지만, 이브와 그 맏딸이 아담한테 가정에서의 그의 위치를 납득시키기 위해 머리를 맞대고 의논할 때처럼 중요한 것이다. 그것은 '세계 및 남성에 대한 공동 방위 및 공격의 전술적인 이론 교환을 위한 여성 회의'라고나 할까. 물론 여기서 세계란 무대이고 남성들은 무대에 계속 꽃다발을 던지는 관객들인 것이다. 그리고 여성이란 모든 여린 동물 중에서도 가장 연약한 것, 예를 들어 새끼 사슴처럼 우아하나 날쌔지 못하고, 새처럼 아름다우나 날아다닐 힘이 없으며 꿀벌처럼 달콤한 꿀을 가지고 있으나⋯⋯. 이런 비유는 그만두기로 하자. 아마 우리들 중의 누군가는 이미 벌에 쏘인 경험이 있을지도 모른다.

이런 작전 회의에서 그들은 서로의 무기와 저마다 삶에서 고안해 내고 공식화한 전술을 교환한다.

"난 그 사람에게 이렇게 말했지. '당신은 풋내기예요! 내가 누군 줄 알고 그렇게 말을 해요?' 내가 그렇게 하면 그가 뭐라고 말을 할까?" 하고 새디가 말했다.

갈색, 검정색, 연한 노랑색, 붉은색, 금발의 머리들이 일제히 끄덕인다. 그러면 곧 해답이 나오고, 이제부터 공동의 적인 남성과의 말다툼에서 이 전술을 쓰기로 결정한다.

이런 방법으로 낸시는 방어기술을 배웠는데, 여성에 있어서 슬기로운 방어는 곧 승리를 의미한다.

백화점 안의 교과 과정은 매우 광범위하다. 아마 다른 어떤 대학도 그녀의 평생의 야심 — 결혼 상대자를 뽑는다는 — 에 걸맞은 곳은 없을 것이다.

백화점 안에서 그녀가 일하는 매장은 아주 좋은 곳에 위치해 있었다. 레코드 매장이 바로 가까이에 있어서 그녀는 대작곡가의 작품에 친숙해질 수 있었는데, 적어도 그녀가 막연히 장차 시도하려 하고 열망해 마지않는 상류사회로 발을 들여놓으려고 할 때 음악 감상에 필요한 기본 지식을 얻을 수 있게 되었다. 그밖에도 도자기며, 값비싸고 멋진 옷감이며, 그리고 여성에게 거의 교양이라고 할 만한 여러 가지 장식품 등에 대한 지식에 있어서도 커다란 영향을 받게 되었다.

다른 아가씨들은 낸시의 야심을 곧 알게 되었다. 그럴듯하게 보이는 남자가 낸시의 매장 가까이 다가오면 아가씨들은 "낸시, 백만장자가 온다." 하고 속삭이곤 했다. 남자들은 같이 온 여성들이 물건을 고르고 있는 동안 여기저기를 기웃거리다가 손수건 매장에 가서 네모난 고급 아마포 손수건을 보면서 시간을 보내는 버릇이 있다. 그동안 손님들에게서 배운 낸시의 고상한 기품과 그녀의 타고난 미모는 사람들의 시선을 끌었다. 그래서 많은 남성들이 그녀의 앞에 다가와서 점잔을 피웠다. 그중에는 정말로 백만장자가 있었을 것이고, 그저 백만장자 흉내를 내는 사람도 있었다. 낸시는 그들 중 백만장자를 가려낼 수 있었다. 손수건 매장 끝에는 창문이 있었다. 거기에서 거리를 내려다보면 물건을 사러 온 사람들을 기다리는 차들이 보였다. 그녀는 자동차도 주인의 신분에 따라 다르다는 사실을 알고 있었다.

한번은 멋있게 생긴 신사가 손수건을 4다스나 사면서 — 마치 거지 아가씨와 결혼했다는 코페투어 왕과 같은 태도로 — 카운터 너머의 그녀에게 청혼한 적이 있었다. 그 신사가 떠나자 한 아가씨가 이렇게 말했다.

"낸시, 어떻게 된 거야? 그 사람을 냉대하다니, 내가 보기엔 아주 부자인 것처럼 보이던데 말이야."

"그 사람?" 하고 낸시는 아주 냉담하고 애교 있는, 하지만 인정이라곤 전혀 없는 밴 앨스틴 피셔 부인의 미소를 띠며 말했다.

"내가 원하는 타입이 아니야. 그 사람이 타고 온 자동차를 보았어. 겨우 12마력짜리 자동차에다 아일랜드인 운전사였어. 그리고 그 사람이 어떤 손수건을 샀는지 봤겠지? 실크야! 게다가 그 사람은 손가락이 아픈 것 같았어. 나는 진짜를 원해. 진짜가 아니면 소용없어!"

백화점에서 가장 세련된 여성 두 사람 — 매장 감독과 경리 — 은 이따금 함께 식사하는 '멋진 남자친구들'이 있었다. 낸시는 언젠가 한번 그 저녁식사 자리에 초대받은 적이 있었다. 연말에 식사를 하기 위해서는 미리 예약을 해 둬야 할 정도의 고급 레스토랑이었다. 그 두 남자친구 중 한 사람은 머리카락이 하나도 없는 대머리 신사였고 — 지나치게 사치스런 생활 때문임에 틀림없다. 우리는 그것을 증명할 수도 있다. — 다른 한 사람은 자신의 가치와 세련됨을 신뢰할 만한 두 가지 방법으로 강조하는 젊은이였다. 그는 모든 포도주에서 코르크 냄새가 난다고 유식을 떨고 다이아몬드가 박힌 커프스 단추를 달고 있었다. 바로 이 청년이 낸시에게서 대단히 빼어난 점을 발견했다. 그의 관심은 점원 아가씨들에게까지 미쳤는데, 지금 여기에 자신이 속하는 고급 사교계의 음성과 예의를 갖춘데다가 점원 아가씨 특유의 솔직한 매력을 지닌 여성이 눈앞에 나타난 것이다. 그래서 그 다음날, 그는 백화점에 나타나 아일랜드 리넨으로 가장자리를 장식한 손수건 한 상자를 사면서 그녀에게 진지하게 구혼했다. 그러나 낸시는 거절했다. 갈색 퐁파두르식 머리를 한 점원 아가씨가 10피트쯤 떨어진 곳에서 눈과 귀를 바짝 세우고 있었다. 거절당한 구혼자가 그 지리를 떠니지 그녀는 낸시에게 다가와서 비난을 퍼부었다.

"넌 정말 바보야! 저 사람은 진짜 백만장자란 말이야. 바로 거부 밴 스키들즈 노인의 조카라구. 그리고 그 사람은 진심으로 한 말 같았는데. 낸시, 너 머리가 어떻게 된 거니?"

"내가?" 낸시가 말했다. "내가 그 사람을 잘못 봤다고? 그 사람은 네가 말하는 것처럼 그렇게 대단한 부자는 아니야. 그의 가족은 그에게 일년에 2만 달러밖에는 주질 않아.

며칠 전 저녁식사를 할 때 그 대머리 신사가 놀리기도 했는 걸.”

갈색 퐁파두르식 머리의 그 아가씨는 낸시에게 바싹 다가와서 눈을 가늘게 떴다.

“넌 도대체 어떤 사람을 바라는 거니?” 그녀는 쉰 목소리로 물었다. “그것만으로는 충분하지 않단 말이야? 모르몬교 신자가 되어 록펠러와 글래드스턴, 다윈과 스페인 왕까지 모두 한꺼번에 결혼하기라도 바라는 거야? 일년에 2만 달러가 부족하다구?”

낸시는 자신을 새까맣고 천박한 눈으로 쏘아보는 눈길에 얼굴이 약간 붉어졌다.

“돈 때문만은 아니야, 캐리.” 하고 낸시는 설명했다.

“요전 날 밤 식사를 할 때, 그 사람은 심한 거짓말을 하다가 친구한테 들킨 적이 있어. 어떤 여자와 극장을 함께 간 적이 없다고 거짓말을 한 거야. 난 정말 거짓말쟁이는 참을 수 없어. 한마디로 난 그 사람을 좋아하지 않아. 그게 다야. 난 아무한테나 쉽게 넘어가진 않을 작정이야. 어쨌든 난 남자답게 의젓한 자세로 앉아 있는 그런 사람을 만날 거야. 난 좋은 결혼 상대자를 찾고 있어. 장난감 저금통처럼 소리만 요란한 그런 남자는 싫거든.”

"너 같은 애는 정신병원에나 가야 해!"

이렇게 말하고는 갈색 퐁파두르 머리를 한 아가씨는 자기 자리로 가 버렸다.

낸시는 비록 주급 8달러로 생활하면서도 이상적인 것이라고는 할 수 없지만 이처럼 고상한 생각을 키워 나가고 있었다. 그녀는 미지의 위대한 사람을 찾기 위해 마른 빵을 먹으며 불침번을 서고 있는 것이다. 그녀의 얼굴에는 타고난 남자 사냥꾼에게서나 볼 수 있는 씩씩하고 귀여운, 그러면서도 냉혹한 미소가 희미하게 번져 있었다. 백화점은 그녀의 숲이었고, 그녀는 크고 멋진 뿔을 가진 사슴 같은 사냥감을 발견하고는 여러 차례 총을 겨누었다. 하지만 언제나 마음 깊숙이 자리 잡고 있는 정확한 본능 — 사냥꾼이나 여성 특유의 본능 — 이 방아쇠에 대고 있는 손을 멈추게 하고 다른 사냥감을 추적하도록 만들었다.

루는 세탁소에서 순조로운 생활을 하고 있었다. 주급 18달러 50센트 중에서 하숙비로 6달러를 지불했다. 나머지 돈은 주로 옷값으로 썼다. 고상한 취미와 예절을 갖출 수 있는 기회는 낸시와 비교하면 거의 없었다. 증기가 가득 찬 세탁소에 있는 것은 오직 일뿐이었다. 그녀에게는 어떻게 하면 저녁 시간을 즐겁게 보낼까 하는 생각이 전부였다. 그녀의 다리미 밑으로는 값비싸고 화려한 옷감이 스쳐 지나 갔으며, 어쩌면 그녀의 옷에 대한 애착은 이런 다리미를 통해서 점점 깊어지고 있는 것인지도 모른다.

하루 일과가 끝나면 댄이 밖에서 그녀를 기다리고 있었다. 그는 어떤 불빛 아래 서 있든지 그녀의 충실한 그림자 같았다.

때때로 그는 스타일보다는 남의 눈에 두드러지는 쪽으로 발전해 가는 루의 옷에 솔직하고 걱정스러운 시선을 보냈다. 그렇다고 그의 마음이 변한 것은 아니었다. 다만 길거리에서 그녀의 옷차림이 사람들의 시선을 끄는 걸 바라지 않을 뿐이었다.

루는 여전히 낸시에게도 충실했다. 그들이 어디를 가더라도 반드시 낸시와 함께 가는 것이 하나의 법칙이 되었다. 댄은 낸시 때문에 생기는 부담을 싫은 기색 없이 기꺼이 받아들였다. 이들 삼총사 중 루는 색깔을, 낸시는 격조를 그리고 댄은 무게를 갖추고 있었다. 말쑥하지만 기성복인 양복과 넥타이를 매고 있는 댄은 항상 상냥했고 튀지 않지만 즐거운 위트를 소유한 사람이었다. 그는 함께 있는 동안에는 눈에 띄지 않지만 헤어지고 나면 뚜렷하게 기억나는 그런 사람이었다.

낸시의 고상한 취미로 본다면 이런 단순하고 판에 박은 듯한 즐거움은 때때로 약간은 고역스럽기도 했다. 그러나 그녀는 아직 젊었다. 젊은이란 미식가가 되지 못할 때는 대식가가 되는 법이다.

"댄은 나더러 늘 당장 결혼하자고 해." 하고 루는 언젠가 낸시에게 말했다.

"하지만 내가 왜 그래야 하니? 나는 혼자 살 수 있어. 내가 번 돈으로 내가 원하는 대로 할 수 있어. 결혼하고 나면 댄은 내가 일하는 것을 반대할 거야. 참, 그건 그렇고, 넌 어쩌자고 먹을 것도 제대로 못 먹고 입을 것도 제대로 못 입으면서 그런 오래된 백화점에 붙어 있는 거니? 너만 원하면 지금 당장이라도 세탁소에 일자리를 하나 얻어 줄게. 너도 돈을 많이 벌게 되면 지금처럼 거만한 척하지 않을 것 같은데."

"난 내가 거만하다고 생각지 않아, 루." 하고 낸시가 말했다.

"하지만 난 먹는 것을 절반만 먹게 되더라도 지금 있는 곳에서 일하겠어. 이젠 거의 습관이 되어 버렸는걸. 내가 원하는 것은 기회야. 나라고 언제까지나 판매대 뒤에 서 있지는 않을 거야. 난 매일 새로운 것을 배우고 있는 중이야.

난 언제나 돈 많고 세련된 사람들만 상대하는걸. 비록 지금은 그들의 시중을 들고 있지만 난 내 주위를 지나치는 어떤 정보도 놓치지 않아."

"그런데 왜 아직도 백만장자를 못 잡았는데?"

루의 놀려 대는 듯한 질문에 낸시는 "아직 선택을 못했을 뿐이야. 하지만 계속 찾고 있어." 하고 대답했다.

"뭐, 선택을 한다고? 돈이 조금 모자란다고 배필을 그냥 바람맞히진 마라. 물론 농담이겠지만 ― 진짜 백만장자가 우리 같이 일하는 아가씨를 거들떠볼 거라고 생각하는 건 아니겠지?"

"우리 같은 여자들을 거들떠보는 편이 그들에게도 좋을 걸." 하고 낸시는 냉정하고 현명하게 말했다.

"우리들 중에서는 그들에게 돈 관리하는 방법을 가르쳐 줄 사람이 있을 테니 말이야."

"만약 백만장자가 나에게 말을 걸어오면……." 하고 미소 짓던 루가 말을 이었다.

"아마 난 까무러칠는지도 몰라."

"그건 네가 몰라서 그래. 부자와 보통 사람을 구별하려면 가까이 가서 주의 깊게 관찰해야 돼. 그런데 지금 네가 입고 있는 빨간색 실크 안감이 그 코트에는 너무 밝다고 생각하지 않니, 루?"

루는 낸시가 입고 있는 수수하지만 빛이 바랜 올리브색의 재킷을 보았다.

"글쎄, 난 그렇게 생각하지 않는데. 아마 네가 입고 있는 색깔이 바랜 옷 바로 옆에 있으니 그렇게 보일 거야."

"이 재킷은." 하고 낸시는 흐뭇해서 말했다.

"밴 앨스틴 여사가 며칠 전 입었던 옷과 똑같이 재단한 거라구. 옷감은 3달러 98센트밖에 하지 않아. 아마 그 부인 것은 100달러도 넘을 거야."

"오, 그래." 하고 루가 가볍게 말을 이었다.

"그 옷은 백만장자를 낚을 만한 옷 같지는 않은데. 어쩌면 내가 너보다 먼저 백만장자를 낚을지도 모르겠다."

지금 이 두 친구가 가지고 있는 이론의 가치를 결정하려면 철학자가 필요할 것이다. 루는 상점이나 사무실에서 일하면서 빠듯한 생활을 하고 있는 아가씨들처럼 자존심이나 까다로움이 없었지만, 소란하고 숨 막히는 세탁소에서 다리미질만 하면서도 즐겁게 시간을 보낼 수 있었다. 그녀의 수입은 편안한 생활을 할 수 있는 그 이상으로 많았다. 그래서 그녀의 옷은 화려해졌고 댄 — 조금도 한눈을 판 적도 없고 언제나 변함없는 — 의 말쑥하지만 멋없는 옷차림에 참기 힘든 눈빛을 보내기도 했다.

낸시로 말하면 그녀의 경우는 수만 명에 하나 정도 될까. 교양 있고 취미가 고상한 상류사회 사람들이 사용하는 실크, 보석, 레이스, 장식품, 향수, 음악 ― 이런 모든 것들은 바로 여성을 위해서 만들어진 것이기 때문에, 낸시도 이런 것들을 마땅히 누릴 수 있는 권리가 있는 것으로 생각하고 있었다. 그녀가 원한다면 그것들은 자신의 생활의 일부가 되고 항상 그녀 곁에 있게 할 수 있었다. 그녀는 에서(구약성서에 나오는 이삭과 리브가의 장남으로 팥죽 한 그릇에 동생 야곱에게 장자의 특권을 양도했음)와는 달리 자신을 배신하지는 않았다. 그녀의 수입은 아주 적었지만, 자기의 권리를 지켜냈다.

낸시에게는 이런 분위기가 잘 어울렸다. 그녀는 싼 음식을 먹고 값싼 옷이나 만들어 입을 궁리를 하면서도 만족한 기분으로 생활했다. 그녀는 이미 여자에 대하여 잘 알고 있었고 지금은 남자라는 동물의 습성과 장점을 연구하고 있는 중이었다. 그리고 언젠가 때가 되면 그녀가 쫓고 있던 사냥감을 쏘아 쓰러뜨릴 것이다. 그 사냥감은 최고, 최상의 것이어야 한다. 그 이하는 절대로 선택하지 않을 것이다.

그녀는 신랑이 오는 날 그를 맞이하기 위해 자신의 등불을 잘 손질하여 불을 켜 놓고 있는 것이다.

그런데 그녀는 자신도 모르는 사이에 또 하나의 과목을 배우게 되었다. 그녀의 가치 기준이 흔들리고 변하기 시작했다. 때때로 마음의 눈에 달러 가격표가 흐릿하게 보였다가도 그것이 '진실', '명예' 때로는 '친절'과 같은 단어로 바뀌기도 했다.

어떤 깊은 숲에서 사슴과 고라니를 쫓고 있는 사냥꾼 한 사람을 예로 들어보자. 그는 이끼가 끼고 나뭇잎이 무성한 작은 골짜기와 졸졸졸 흐르고 있는 작은 시냇물을 보고는 휴식과 위안을 얻게 된다. 이런 때에는 뛰어난 사냥꾼 님로드의 창끝이라도 무디어지게 마련이다.

그래서 가끔 낸시는 그 값비싼 페르시아 양피 가죽도 그것을 입고 있는 사람들의 마음에 따라 시장 가격이 매겨지는 것이 아닌가 하는 생각을 할 때가 있었다.

어느 목요일 저녁, 백화점을 나온 낸시는 6번가를 가로질러 서쪽에 있는 루의 세탁소로 가고 있었다. 루와 댄과 함께 뮤지컬 코미디를 보러 가기로 되어 있었다.

그녀가 세탁소에 도착했을 때 댄이 세탁소에서 막 나오고 있었다. 그의 얼굴에는 긴장된 표정이 역력했다.

"혹시 루에게서 무슨 소식이라도 있나 해서 들렀습니

다.” 하고 그는 말했다.

“누구 소식이요?” 하고 낸시가 물었다.

“루가 세탁소에 없나요?”

“당신은 알고 계신 줄 알았는데요.” 댄이 말했다.

“루는 월요일부터 가게에도 나오지 않고 살고 있던 하숙
집도 떠났답니다. 그녀의 짐도 모두 가져갔어요. 세탁소에
서 함께 일하던 아가씨에게 유럽으로 갈지도 모른다고 말
했다나 봐요.”

“다른 데서 그녀를 본 사람이 없나요?” 낸시가 물었다.

댄은 턱을 세우고 차가운 눈빛으로 그녀를 바라보았다.

“세탁소 사람들이 그러는데.” 그는 거칠게 말했다. “어제
그녀가 자동차를 타고 지나가는 것을 보았답니다. 어쩌면
당신과 루가 항상 머릿속에 그리던 그 백만장자 중의 한 사
람과 갔는지도 모르지요.”

낸시는 남자 앞에서 난생처음으로 기가 죽었다. 그녀는
가늘게 떨리는 손으로 댄의 옷소매를 잡아당겼다.

“하지만 댄, 당신은 나한테 그렇게 말할 권리가 없어요.
마치 내가 이 일에 관련이 있는 것처럼 말이에요.”

“그런 뜻으로 말한 건 아니었습니다.” 하고 댄은 태도를
누그러뜨리며 말했다. 그는 조끼의 주머니를 뒤졌다.

MUSICAL
NO.36
MUSICAL

"오늘밤 쇼의 표가 있습니다." 하고 댄은 밝은 표정으로 말했다.

"만약 당신이……."

낸시는 남자가 자신의 아픔을 드러내지 않으려는 것을 보면 언제나 감탄해 마지않았다.

"댄, 당신과 함께 가겠어요." 하고 그녀가 말했다.

낸시가 루를 다시 만난 것은 3개월이 지난 후였다.

어느 날 저녁 해질 무렵, 낸시는 조용하고 작은 공원의 옆길을 따라 서둘러 집을 향해 걸어가고 있었다. 누군가가 자기 이름을 부르는 소리에 뒤돌아보는 순간, 루가 그녀의 두 팔 안으로 뛰어들어 왔다.

서로 포옹을 하고 난 뒤, 그들은 마치 당장이라도 상대에게 덤벼들 것처럼 혹은 상대편을 꼼짝 못하도록 휘감아 버리는 뱀처럼 머리를 뒤로 젖힌 채, 수천 마디의 질문들을 그들의 혀에서 쏟아 냈다. 낸시는 루가 물질적으로 아주 풍요로워졌다는 것을 알았다. 그녀의 값비싼 모피 코트며 빛나는 보석들, 그리고 재단사의 훌륭한 솜씨로 만들어진 옷차림이 모든 것을 말해 주고 있었다.

"이 바보야!" 하고 루는 애정이 깃든 소리로 말했다.

"아직까지 너 그 백화점에서 일하고 있구나. 여전히 초라한 꼴로. 그리고 네가 잡겠다던 그 사냥감은 어떻게 된 거야? 아직 아무 소득이 없나 보구나."

하지만 루는 낸시에게서 물질적 풍요 이상의 커다란 변화가 생겼다는 것을 느낄 수 있었다. 그녀의 두 눈은 보석보다 더 빛났고, 뺨은 장미보다 더 붉게 물들었으며 혀끝에서는 마치 전기처럼 짜릿한 그 무엇인가를 말하고 싶어 못 견디는 것 같았다.

"그래, 아직 그 백화점에서 일해." 하고 낸시는 말했다.

"하지만 다음 주에는 그만둘 거야. 나는 이 세상에서 가장 멋진 사냥감을 잡았거든. 루, 이제 너와는 상관없는 일이겠지? 난 댄하고 결혼하기로 했어. 그는 이제 나의 댄이야. 어때, 부?"

부드러운 인상의 젊은 순경 한 사람이 공원 모퉁이에서 순찰을 돌고 있었다. 값비싼 모피 코트를 입고 손에는 다이아몬드 반지를 낀 여자가 공원 철책에 기대어 흐느끼며 울고 있고, 바로 그 옆에서는 일하는 아가씨 같은 수수한 옷차림의 젊은 여자가 그녀를 위로하고 있는 모습이 보였다. 그러나 그 잘생긴 순경은 신세대였으므로 이 광경을 못 본 체하며 그냥 지나갔다. 왜냐하면 경찰봉으로 도로를 두들겨 그 소리가 머나먼 별에까지 들리게 할 수는 있어도, 이런 문제를 해결하는 데 자신의 힘으로는 어떤 도움도 줄 수 없다는 것을 이 현명한 순경은 이미 잘 알고 있었기 때문이었다.

사랑의 묘약

　　　블루 라이트 약국은 마을의 중심인 바위
리 가와 1번가 사이에 위치해 있다. 이곳은 두 길 사이의
거리가 가장 짧은 곳이다. 블루 라이트 약국은 다른 약국과
달리 화장품이나 향수, 아이스크림 따위를 파는 상점이 아
니었다. 이를테면 우리들이 진통제를 주문했을 때 봉봉 과
자를 내놓는 곳은 아니라는 얘기다.

　　블루 라이트 약국에서는 손쉬운 현대의학의 조제법을
경멸하고 있었다. 이곳에서는 아직도 아편을 용해하기도
하고 진통제나 아편즙을 걸러 내기도 한다. 또 높은 조제대
뒤쪽에서는 직접 알약을 만들고 있는데, 반죽판 위에서 반
죽을 한 후 주걱으로 쪼개어 엄지손가락과 검지손가락으로
둥글게 하여 산화마그네슘을 바른 후에 두껍고 동그란 환

약 상자 속에 넣어 두었다. 이 약국이 있는 길모퉁이는 누더기를 걸친 건강한 동네 아이들의 놀이터로 이용되고 있는데, 머지않아 이 아이들도 약국 안에 있는 기침을 멈추게 하는 약이나 시럽의 애용자가 될 것이다.

아이키 쇤스타인은 블루 라이트 약국의 야간 약사로, 단골손님들과 꽤 친하게 지내고 있었다. 이 약국은 도시의 외곽인 이스트사이드에 위치해 있었지만 이곳의 약사들은 손님들에게 매우 친절했다. 모름지기 약국의 약사들은 곧 변호사이고, 신부이고, 조언자이고, 유능한 목사인데다가 정신적인 스승이었던 것이다. 사람들은 그들의 학식을 존경하고, 그들의 풍부한 지식을 숭배했기 때문에 약의 성분은 생각해 보지도 않고 꿀꺽 목구멍 속으로 삼켜 버리곤 했다. 안경을 낀 아이키의 쇠뿔처럼 뾰족한 코와 지식의 무게를 감당할 길 없어 시들어 버린 것 같은 깡마른 모습은 블루 라이트 약국 근방의 사람들에게는 널리 알려져 있었다.

아이키는 상점에서 두 블록 정도 떨어진 리들 씨의 집에서 하숙을 하고 있었다. 리들 씨에게는 로지라는 딸이 하나 있었다. 이쯤이면 번거로운 설명은 필요 없다. 이미 여러분도 짐작하고 있겠지만 아이키는 로지를 사랑하고 있었다. 그의 생각은 로지에 의해 점령당했다. 로지야말로 화학적으로 순수하면서도 조제의 원리를 벗어나지 않고 있는 모든 본질의 복합체였다. 약품 가운데 그녀에게 비교될 만한 것은 아무것도 없었다. 하지만 아이키는 소심한 사내였다. 그의 감추어진 소망은 소심함과 불안의 용제 가운데 던져져서 녹지 않고 남아 있었다. 약국에서의 그는 전문적인 지식으로 자신만의 확고한 위치를 차지한 사람이었지만 한 걸음 밖으로 나서면 전혀 달랐다. 기초제인 소크트린 알로에나 암모니아 냄새가 배고 얼룩이 남은 어울리지도 않는 옷을 입은 그는 조심성 없이 길을 걷다가 자동차 운전수에게 욕을 얻어먹는 그런 사내였다.

아이키에 비해 '꿀단지 속의 파리(옥의 티라는 뜻)' — 이것은 또 얼마나 훌륭한 비유인가   로 통하는 사람이 있었다. 바로 맥고원이다. 이 맥고원이라는 사내 역시 로지가 던지는 빛나는 미소를 얻으려고 무던히 애쓰고 있었다. 그러나 이 맥고원은 아이키치럼 그저 공이 오기를 기다리기만 하는 외야수는 아니었다. 그는 로지가 던지는 미소의 공을 망설임 없이 잡아 버린 것이다. 그는 아이키의 친구이면서 그의 단골손님이었다. 그는 바워리 가에서 저녁 내내 신나게 놀다가 곧잘 블루 라이트 약국을 찾아와서 상처에 소독약을 바르거나 붕대를 두르기도 하였다.

　어느 날 오후, 맥고원은 늘 그랬듯이 불쑥 들어와서는 약국 안에 있는 둥근 의자에 앉았다. 깨끗이 면도한 그의 얼굴에는 강한 의지가 엿보였지만 한편으로는 어딘가 호인 같은 구석도 있었다.

　"아이키." 하고 그가 말을 걸었다.

　그러자 아이키는 약절구를 들고 와서 안식향 가루를 빻으며 반대편 자리에 앉았다.

　"잘 들어주게. 실은 내게 꼭 필요한 약이 있는데 가능하다면 하나 줄 수 없을까?"

　아이키는 늘 맥고원의 얼굴을 장식하고 있는 싸움의 흔적을 재빨리 찾아보았지만 어디에서도 상처를 발견할 수 없었다.

　"윗도리를 벗게! 그만하면 알겠어. 아마 늑골을 칼로 찔렀나 보지. 이탈리아계나 스페인계 놈들과 상대하다간 반드시 험한 꼴을 당하게 된다고 내가 벌써 몇 번이나 말했나!" 하고 아이키는 힘주어 말했다.

　맥고원은 슬며시 미소를 지었다.

　"아니야, 그놈들과는 상관없어. 하지만 자네는 훌륭한 약제사임에 틀림없어. 환부는 윗도리 아래의 늑골 부분이니까 말야. 아이키, 오늘밤 나는 로지와 몰래 결혼식을 올릴

작정이야."

약절구를 잡고 있던 아이키의 왼쪽 검지손가락에 자신도 모르게 힘이 들어갔다. 그는 절구로 통 안을 마구 내리치다가 자신의 손가락을 찧기도 했지만 미처 그 사실을 깨닫지 못하고 있었다. 그런데 맥고원의 얼굴에서 차차 미소가 사라지더니 곧 실망이 섞인 우울한 표정으로 바뀌었다.

"그러나 그것도 그녀가 그때 가서 마음이 바뀌어 버린다면 할 수 없는 이야기지. 우리는 벌써 2주 전에 몰래 결혼할 계획을 세웠다네. 하지만 그녀는 낮에는 도망치자고 말하다가도 저녁이 되면 아무래도 안 되겠다고 마음을 자꾸 바꾼단 말이야. 하지만 오늘밤에는 기어코 계획을 실행하려고 작정했다네. 로지도 지난 이틀 동안은 마음이 변하지 않았어. 하지만 약속 시간까지는 아직 다섯 시간이나 남았지 뭔가. 그때가 되어 또다시 그녀가 엉뚱한 소릴 하는 것은 아닐지 걱정이 되어 못 견딜 것 같다네."

"그래서 무슨 약이 필요하다는 건가?" 하고 아이키가 재빨리 물었다.

맥고원은 평소와 다르게 난처한 표정을 했다. 그는 매약 일람표를 아무 생각 없이 건성으로 손가락에 둘둘 감았다.

"나는 오늘밤에야말로 이 이중의 불리한 조건을 극복할

각오라네. 백만 달러를 준다 해도 잘못된 출발은 하지 않을 생각이란 말야." 하고 그는 계속해서 말했다.

"나는 벌써 할렘 가에 조그만 방을 빌려 두었다네. 테이블은 국화꽃으로 장식해 놓았고, 주전자도 늘 물을 마실 수 있도록 준비해 두었지. 그리고 9시 반에는 우리를 위해 목사님께서도 오시기로 약속했다네. 모든 준비는 완벽해. 로지의 마음만 변하지 않는다면 말이야." 맥고원은 지나칠 정도로 초조해하며 말했다.

"그래서 뭐가 어쨌다는 거야? 나는 전혀 이해할 수 없어. 도대체 자네는 무슨 약을 달라는 건가? 그리고 그 약으로 뭘 어쩌겠다는 거야?"

아이키는 퉁명스럽게 말을 내뱉었다.

"그녀의 아버지 리들 씨가 아무래도 날 탐탁지 않게 생각하는 것 같아."

이 불안한 구혼자는 어떻게든 자기가 의도하는 바를 아이키에게 이해시키려고 애쓰면서 말을 계속했다.

"그녀의 아버지는 일주일 내내 우리를 한 발짝도 함께 외출하지 못하도록 감시하고 있단 말이야. 하숙생이 하나 줄어든다는 것만 아니라면 그는 벌써 예전에 날 내쫓았겠지. 사실 난 일주일에 20달러를 벌고 있으니까 그녀가 나와

함께 도망치더라도 전혀 후회할 일은 없으리라고 생각하는
데……."

"미안하지만 친구, 이제 곧 찾으러 올 조제약을 만들어
두어야만 한다네." 아이키가 말했다.

"이봐." 하고 맥고원은 고개를 바짝 쳐들고 말했다.

"아이키! 무슨 좋은 약이 없을까? 여자에게 먹이면 상대
방 남자에게 깊이 빠져들게 하는 그런 약 말이야."

아이키의 입술이 경멸스러운 듯 일그러졌지만 맥고원은
자신의 얘기만 계속했다.

"팀 레이시가 그러는데, 그는 주택가에 있는 어느 약제
사한테서 그런 약을 구해 소다수에 섞어서 여자에게 먹였
던 모양이야. 그런데 한 모금 마시고 난 그 아가씨가 정말
그 친구한테 홀딱 반해 버렸다더군. 그 아가씨에게 다른 남
자는 눈에 들어오지도 않더라지 뭐야. 그리고 2주일 후에
그 친구는 그 여자와 결혼할 수 있었다네."

맥고원은 건강하고도 단순한 사나이였다. 아이키 이상으
로 상대를 관찰할 줄 아는 눈을 가진 독자라면 맥고원의 건
강한 체구가 가느다란 줄을 팽팽하게 당기고 있는 악기처
럼 바짝 긴장해 있는 것을 알 수 있을 것이다. 적지에 쳐들
어가려는 명장처럼 그는 결코 실패하지 않을 완벽한 대책

을 강구하고 있는 것이다. 맥고원은 기대에 찬 듯 말을 계속했다.

"그런 약을 준비해 두었다가 오늘 저녁식사 때 로지에게 먹이면 아무래도 그녀도 용기를 얻어 또다시 마음이 흔들리는 일은 없을 게 아닌가. 그녀를 나오게 하려고 노새를 불러 모아 잡아끌 필요는 없지만, 역시 여자는 스스로 베이스를 달리기게 하기보다는 코치를 하는 쪽이 낫단 말이야. 그 약이 두 시간만 효과가 있다면 만사는 오케이인데……."

"그 도망친다는 미련한 짓은 대체 몇 시에 하기로 했나?"

아이키가 물었다.

"9시야." 하고 맥고원은 말했다.

"7시에 저녁식사를 하고, 8시에 로지는 두통이 난다고 하면서 침대로 들어가도록 되어 있어. 9시에는 파벤자노 노인이 나를 자기 집의 뒤뜰로 갈 수 있도록 도와준다고 했네. 뒤뜰에는 리들 씨 집 울타리가 있는데 널빤지가 한 장 빠져 있거든. 나는 거기를 통해 그녀의 방 창 밑으로 가서 그녀가 비상 사다리로 내려오는 것을 도와줄 거야. 그리고는 서둘러 목사님에게로 가는 거야. 로지가 중간에 주저앉지 않는 이상 일은 아주 간단한 거지. 어때, 아이키. 그런 약을 한 봉지만 조제해 줄 수 없을까?"

아이키 쉰스타인은 천천히 코를 문질렀다.

"친구, 그런 일은 약제사로서 매우 신중히 생각해야 할 일이라고 보네. 하지만 우리는 친한 사이이니까 내가 자네를 위해서 그 약을 조제해 준들 그리 나쁜 일은 아니겠지. 그래, 다른 사람도 아닌 자네를 위해서라면 말야. 한 봉지 만들어 주기로 하지. 로지가 그것을 먹은 후 자네를 얼마나 사랑하게 될지 한번 보고 싶은걸?"

아이키는 안쪽에 있는 조제실로 갔다. 그리고 그는 4분의 1그레인의 모르핀이 들어 있는 가용성 정제 두 개를 가루로 만들었디. 기기다가 양을 늘리기 위해 소량의 유낭을 넣은 뒤 그것을 잘 저어 흰 종이로 쌌다. 어른이 이 가루약을 먹으면 몸에는 아무 해가 없지만 몇 시간을 푹 자게 될 것이다. 그는 그것을 물에 녹여 먹이도록 하라면서 맥고원에게 내주었다. 그리고 뒤뜰의 로킨바아(영국의 작가 월터 스콧의 시 속에 나오는 주인공)와 같은 이 열렬한 구혼자로부터 진심 어린 인사를 받았다.

아이키의 이런 행동의 이유는 다음을 보면 바로 알게 된다. 그는 심부름꾼을 시켜 리들 씨를 불러내서는 로지와 도망치려는 맥고원의 계획을 알고 있는 대로 모두 알려 주었다. 리들 씨는 벽돌 가루를 뒤집어쓴 것처럼 붉은 얼굴에 성질이 급해 싸움도 자주 벌이는 그런 사람이었다.

"그런가? 말해 줘서 매우 고맙네." 하고 리들 씨는 가식 없이 아이키에게 고마움을 표현했다.

"어리석기 짝이 없는 얼간이 아일랜드 녀석 같으니라구! 내 방은 바로 로지의 방 위란 말야. 저녁식사가 끝나는 대로 나는 내 방으로 올라가 엽총에 탄환을 장전하고는 녀석을 기다릴 거야. 그놈이 내 집을 나갈 때는 결혼 마차 대신 구급차 신세를 지게 될 거야."

잠의 여신 모르페우스에게 붙잡혀 잠들어 있을 로지나, 무장을 하고 기다리고 있을 피에 굶주린 아버지의 일을 생각하며 아이키는 이번에야말로 그의 연적이 파멸 일보 직전에 놓였다고 믿었다. 그는 이날 밤새도록 블루 라이트 약국에서 야근을 하며 비보를 기다리고 있었다. 그러나 끝내 아무런 소식도 없었다.

다음날 아침 8시에 교대해 줄 약제사가 출근하자마자 아이키는 당장 리들 씨의 집으로 달려갔다. 그런데 이게 어찌된 일인가. 약국을 한 발자국 나서자, 방금 도착한 전차에서 뛰어내린 맥고원이 그의 손을 덥석 잡는 것이 아닌가.

그의 얼굴에는 승리자의 미소가 가득했고 두 뺨은 기쁨으로 붉게 상기되어 있었다.

"대성공이었어!" 하고 맥고원은 행복에 겨워 자신의 기쁨을 전혀 감출 생각도 하지 않고 말했다.

"로지는 1초의 망설임도 없이 비상 사다리로 내려왔고, 우린 9시 30분 15초에 목사님 앞에서 결혼을 했다네. 로지는 지금 내 방에 있어. 오늘 아침에는 그녀가 푸른 옷을 입고 날 위해서 달걀요리를 만들어 주었어. 아아, 난 정말 행운아야! 그렇지 않은가, 아이키? 한번 우리 집에 들러 함께 식사라도 해야 하지 않을까? 나는 마침 다리 근처에 좋은 일자리를 구해 지금 그리로 가는 중이야."

"그런데, 그, 그 약은?"

아이키는 더듬거리며 말했다.

"아, 자네가 준 그 약 말이지?" 하고 맥고원은 한층 기쁜 듯이 웃으면서 대답했다.

"그것은 이렇게 했어. 어제 저녁 리들 씨 댁에서 식사를 하면서 로지를 바라보다가 문득 이런 생각이 들었어. '맥고원, 이 아가씨를 얻으려면 떳떳한 방법으로 정당하게 해. 이렇게 순진한 아가씨에게 속임수를 쓰는 건 비겁한 일이야.' 그때 내 호주머니에는 자네가 준 약 봉지가 들어 있었

지. 그런데 그 순간 옆쪽의 사람이 내 눈에 들어오더군! 그
리고는 다시 생각하게 된 거지. '리들 씨는 장래의 사위에
게 조금도 애정을 가지고 있지 않군.' 하고 말야. 그래서 나
는 기회를 틈타 리들 씨의 커피 속에 그 가루약을 타 넣었
던 거야. 어때, 일이 그렇게 된 거야. 이제 알아듣겠나?"

매디슨 광장의 아라비안나이트

매디슨 광장 부근의 아파트에서 살고 있는 카슨 찰머스는 집사 필립스로부터 우편물을 받았다. 우편물 중에는 똑같은 외국 소인이 찍힌 우편물 두 개가 포함되어 있었다.

그중 하나에는 어떤 부인의 사진이 들어 있었고, 다른 하나에는 누군가가 보낸 긴 편지가 들어 있었다. 찰머스는 꽤 오랜 시간 동안 그 편지를 읽었다. 편지에는 달콤한 꿀을 바른 독가시처럼 사진 속의 부인에 대한 악의에 찬 말들이 가득 적혀 있었다. 찰머스는 이내 그 편지를 갈기갈기 찢어 버리고는 큰 걸음으로 방 안에 깔린 비단 카펫 위를 서성거렸다. 밀림의 야수가 우리 속에 갇혔을 때와 마찬가지로 남자가 의혹에 빠졌을 경우에는 이처럼 안절부절못하게 되는 것이다. 마침내 그는 겨우 화를 가라앉혔다. 하지만 그 카펫은 마법의 융단이 아니었다. 16피트 정도라면 혹시 모르지만 3천 마일이나 되는 먼 곳까지 날아갈 수는 없었다.

필립스가 들어왔다. 그는 결코 인기척을 내고 들어오는 법이 없었다. 언제나 귀신처럼 슬며시 모습을 나타내는 것이다.

"식사는 여기서 하시겠습니까? 아니면 밖에서 드시겠습니까?" 하고 그는 물었다.

"여기서 먹겠네. 30분 후에."

찰머스는 이렇게 말하고 사람이 거의 없는 텅 빈 거리에서 바람의 신이 들려주는 1월의 소리를 음울한 기분으로 듣고 있었다.

"잠깐만 기다리게." 하고 찰머스는 방에서 나가려는 필립스를 불러 세웠다.

"아까 돌아올 때 광장 끝을 지나치다 보니 많은 사람들이 줄을 서 있더군. 그리고 어떤 자가 무슨 상자 같은 곳에 올라서서 지껄여 대고 있었어. 그 사람들이 무슨 일로 그런 곳에 줄지어 서 있는지를 알고 있나?"

"그 사람들은 갈 곳 없는 자들입니다." 하고 필립스가 대답했다.

"그 상자 위에서 말하고 있는 남자는 그 사람들이 밤에 잘 수 있는 곳을 마련하려는 겁니다. 지나가는 사람들이 그 남자의 얘기를 듣고 돈을 주면, 그 돈으로 줄을 서 있는 사람들을 근처 싸구려 여관에서 묵을 수 있게 해 주거든요. 그래서 그렇게 줄을 서 있는 거지요. 순서대로 여관으로 가게 되니까요."

"그랬군. 그렇다면 저녁식사 때 그중 한 사람을 이리로 데려오게. 나와 함께 식사를 할 수 있도록."

"도대체, 어, 어떤 사람을요?"

필립스가 이 집에서 집사로 일한 이후 이처럼 말을 더듬은 것은 처음이었다.

"누구라도 괜찮아. 술주정뱅이나 지나치게 지저분한 사람은 곤란하겠지만 그외에는 상관없어."

카슨 찰머스가 아라비아의 임금님 역을 연출하는 것은 매우 드문 일이었다. 그는 그날 밤 너무나 울적했기 때문에 그가 여태껏 써 오던 진정제로는 이 우울함을 전혀 달랠 수 없을 것 같았다. 어떤 엉뚱하고 기상천외한 이야기, 즉 굉장히 멋진 아라비안나이트 같은 것이 아니면 결코 기분이 나아질 것 같지 않았다.

30분 후, 필립스는 마법 램프의 노예처럼 임무를 완수

하였다. 아래층 식당에서 급사들이 훌륭한 요리를 날라 왔고 두 사람의 자리가 마련된 식당 테이블에는 복숭아 색깔의 갓을 씌운 촛불이 밝게 빛나고 있었다. 이윽고 필립스가 추기경이라도 안내하듯 혹은 도둑이라도 잡아 오듯 공짜 잠자리를 위해 길게 늘어선 대열에서 뽑아온 손님 — 그 손님은 사시나무처럼 덜덜 떨고 있었다 — 을 데리고 모습을 나타냈다. 우리는 이런 사람을 난파선이라고 부른다. 이 비유를 그대로 사용하자면 지금 이 자리에 온 사람은 갑작스러운 화재 때문에 불운을 겪게 된 난파선인 것이다. 그리고 아직도 꺼지지 않은 불이 표류하는 선체를 태우고 있었다.

그의 얼굴과 손은 깨끗이 씻겨져 있었지만 빛 속에 서 있는 그의 모습은 모든 게 우아한 실내에서 하나의 큰 오점과도 같았다. 그의 얼굴은 병에 걸린 듯이 창백한데다가 털이 빨간 아일랜드 사냥개와 같은 빛깔의 수염이 덥수룩하게 얼굴 전체를 덮고 있었다. 길게 늘어진 갈색 머리카락은 항상 쓰고 있는 모자 때문에 필립스의 노력에도 불구하고 여전히 지저분하게 머리에 딱 붙어 있었다. 그의 눈은 잔혹한 사냥꾼에게 쫓기는 들개처럼 절망적이고도 교활한 반항의 빛을 띠고 있었다. 초라한 윗도리는 위쪽에 단추가 달려 있어 그 위로 옷깃이 삐져나와 있었다. 그런데 찰머스가 원탁 건너편 의자에서 일어섰을 때 이 사나이의 태도에는 전혀 당황하는 기색이 보이지 않았다.

"괜찮으시다면 함께 저녁이라도 합시다." 하고 주인이 말했다.

"제 이름은 플루머입니다." 하고 광장에서 끌려온 손님이 도전적인 말투로 말했다.

"만일 당신이 내 입장이라면 식사하는 상대의 이름 정도는 알고 싶어할 것 같아서요."

"아, 지금 막 물으려던 참이었소."

찰머스는 다소 당황스러워하며 말을 이었다.

"나는 찰머스라고 하오. 자, 앉읍시다."

플루머는 옷깃을 여미고 가볍게 무릎을 구부려 필립스가 그 아래로 의자를 밀어넣어 주기를 기다렸다. 어느 모로 보나 그의 태도에는 집사가 가져다주는 식사를 한 적이 있는 것 같은 그런 품위가 엿보였다. 필립스는 생선 요리와 쇠고기 찐 것을 테이블 위에 늘어놓았다.

"매우 근사한데요?" 하고 플루머는 큰 소리로 말했다.

"모처럼 만에 풀코스의 만찬을 먹게 됐군요. 인정 많은 바그다드 임금님, 좋습니다. 이쑤시개가 나올 때까지 기꺼이 당신의 세헤라자데가 되어 드리지요. 당신은 내가 파산한 후에 처음으로 만나는, 진실로 동양적인 풍류를 이해하는 임금님입니다. 아아, 나는 정말 운이 좋았군요. 저는 행렬의 마흔세 번째 자리에 서 있었는데 순번이 다가올 즈음 때마침 당신의 집사가 이 향연에 초대해 준 것이지요. 사실 오늘 밤 제가 여관의 침대에 눕게 될 확률은 차기 대통령에 당선되는 것과 같은 정도로 낮은 것이었습니다. 그런데 알 라시드 같은 주인님, 제 슬픈 신상 이야기를 어떻게 전개하면 좋을까요? 요리가 나올 때마다 1장씩 들려 드릴까요? 아니면 담배와 커피까지 즐긴 후 한꺼번에 이야기하는 것이 좋을까요?"

"아무래도 당신은 이런 비슷한 경험을 여러 빈 한 깃 같군요." 하고 찰머스는 미소를 띠며 말했다.

"매우 예리하시군요, 사실 그렇습니다. 뉴욕의 바그다드에는 이루 헤아릴 수 없을 만큼 빈대가 많듯이 별 볼 일 없는 알 라시드가 많이 있습니다. 전 이미 식사를 얻어먹는 조건으로 제 신상 얘기를 여러 번 했습니다. 뉴욕에서는 공짜로 무언가를 베푸는 일이 좀처럼 일어나지 않습니다. 그들에게 호기심과 동정은 건축 재료와 같은 것이랍니다. 그들 중 대부분은 10센트짜리 은화와 싸구려 잡탕 요리를 대가로 주었습니다. 하지만 이따금 등심 고기를 내놓으며 바그다드 임금님 역을 제대로 해내는 사람도 있기는 했지요. 하여간 그 어떠한 경우에도 그들은 우리들의 자서전을 각본부터 미발표의 단편까지 까뒤집어 내놓도록 꼬치꼬치 캐물으며 우리를 귀찮게 했지요. 그래서 지하철 바그다드 역에서 저녁을 얻어먹을 수 있다고 생각되는 사람을 만나면 저는 어떻게 해야 할지를 잘 알고 있어요. 아스팔트에다 얼굴을 세 번 문지르고는 저녁식사 때 지껄일 이야기를 짜내는 것입니다. 즉 저는 대중의 소화를 돕기 위해 그들 앞에서 노래해야만 했던 고 토미 터커의 후계자랍니다."

"난 당신의 신상 얘기가 궁금한 게 아니오." 하고 찰머스는 말했다.

"솔직하게 말하자면 생전 보지도 듣지도 못했던 사람을 갑자기 초대하여 함께 저녁식사를 나누고 싶었던 것은 갑작스런 내 변덕일 뿐이오. 그러니 내 호기심을 만족시켜 주려고 일부러 고생할 필요는 없소."

"천만에요!"

플루머는 열심히 수프를 먹으면서 말했다.

"제게 신경 쓰지 마세요! 저는 임금님이 원하시면 언제든지 책장을 잘라 볼 수 있도록 준비된 빨간 표지의 동양

책과 같은 사람입니다. 사실을 말씀드리자면 잠잘 곳을 구하기 위해 행렬을 지어 있는 그 패거리들 사이에는 사람들의 관심을 끌 만한 얘깃거리를 만들기 위한 일종의 조합 같은 게 있습니다. 걸음을 멈추고서, 우리가 망한 이야기를 듣고 싶어하는 사람들이 의외로 많기 때문이지요. 우리는 샌드위치와 맥주를 제공하는 사람에게는 술 때문에 이렇게 되었노라고 말해 주고, 콘 비프와 양배추 요리와 커피를 내놓는 사람에게는 무자비한 지주와 반 년 동안의 긴 입원 생활과 실업 이야기를 한답니다. 또한 비프스테이크에 25센트의 숙박비까지 내주는 사람에게는 갑작스런 파산으로 몰락해 버린 월가의 비극적인 이야기를 들려주지요. 우리들의 얘기는 대체로 이런 식이지만 오늘밤은 예외가 될 것 같습니다. 이처럼 호화로운 식탁에서 대접받기는 처음이기 때문에 이에 맞먹을 만한 얘기를 해 드려야 하겠지요. 찰머스 씨, 만약 당신이 듣고 싶으시다면 나는 성직하게 저에 관한 얘기를 한 토막 하고 싶습니다. 하지만 사실 이 실화가 만들어진 그 어떤 얘기보다 더 믿을 수 없는 얘기일 겁니다.”

한 시간 후에 이 아라비아 손님은 매우 만족스러운 듯 의자 깊이 몸을 파묻었다. 필립스가 커피와 담배를 가지고 나타나서는 테이블을 정돈하고 사라졌다.

"당신은 혹시 셰라드 플루머라는 이름을 들어 본 적이 있습니까?"

알 수 없는 미소를 지으며 손님이 물어왔다.

"네, 그 이름 기억이 나는군요. 아마 몇 년 전쯤 꽤 이름을 떨치던 화가지요?" 하고 찰머스가 대답했다.

"바로 5년 전이었습니다."

손님은 얘기를 계속했다.

"그 이후 그 사람은 납처럼 가라앉아 버렸습니다. 셰라드 플루머, 그가 바로 저입니다. 제 손으로 그렸던 마지막 초상화는 2천 달러에 팔렸습니다. 그런데 그후로 공짜로 그려 주겠다고 하는데도 제 초상화의 모델로 나서는 사람이 없었습니다."

"그건 또 무슨 얘기요?"

찰머스는 궁금증 때문에 물어보지 않을 수 없었다.

"그게 아무래도 이상합니다."

플루머는 우울한 표정으로 대답했다.

"저도 그 이유를 모르겠다니까요. 그때까지만 해도 모든 일이 잘 되어 상류층의 인사들이 이곳저곳에서 주문을 해대는 통에 몹시 분주했습니다. 신문은 저를 상류사회의 화가라고까지 평해 주었지요. 그런데 정말 기묘한 일이 벌어진 것입니다. 제가 완성한 그림을 보러 온 사람들이 저희들끼리 얼굴을 맞대고 기분 나쁘게 무언가를 소곤거리곤 하더군요. 전 그 이유를 나중에야 알았습니다. 그것은 제가 그린 초상화에는 그 모델의 숨겨진 성격이 그대로 나타나 있었기 때문이었습니다. 참, 본 대로 그렸을 뿐인데 어째서 그런 현상이 그림에 나타나는 것인지! 제 그림은 한결같이 모두가 그랬습니다. 초상화의 주인들 중 몇은 화를 내며 그림을 가져가지도 않았습니다. 한번은 사교계에서 인기를 모으고 있던 한 아름다운 부인의 초상화를 그렸던 적이 있었는데 완성된 그림을 본 그녀 남편의 표정이 이상해지더니 바로 다음 주에 이혼 소송을 세기해 버린 것입니다. 그뿐이 아닙니다! 저를 후원해 주던 은행가의 일도 저로선 잊을 수가 없지요. 저는 그 사람의 초상화를 아틀리에의 벽에다 걸어 놓았는데 때마침 찾아온 그 사람의 친구가 그것을 보고는 '아니, 그 사람이 정말 이런 얼굴을 하고 있습니까?'라고 묻더군요. 저는 정직하게 아마 그럴 것이라고 대답해 주었습니다. 그랬더니 그는 '그자의 눈에 이런 표정이 있다니, 미처 몰랐던 사실이오. 어서 예금을 모두 찾아 다른 은행으로 옮겨야겠어.'라고 말하며 서둘러

시내로 갔습니다. 그러나 이미 때가 늦어 버려 그는 예금을 모두 날리고 말았습니다. 그 은행가가 파산하고 자취를 감춰 버리고 만 것이지요. 그 누구도 자신의 숨기고 싶은 부분을 들키고 싶어하지 않으니까요. 사람들은 미소 짓거나 얼굴을 숙이는 방법으로 타인에게 다른 인상을 심어 줄 수 있지만 제 그림에서는 그것이 불가능했습니다. 초상화 주문이 끊겨 버렸기 때문에 저는 부득이 실업자 신세가 되고 만 것입니다. 잠시 동안 신문 삽화나 석판용 초상을 그리기도 했지만 여기서도 같은 문제가 생겼습니다. 사진을 보고 초상화를 그리더라도 사진에선 볼 수 없었던 고인의 특징이 나타나곤 하는 거예요. 그 특징들은 분명히 그 사람이 가지고 있는 것들이었습니다. 저는 손님들, 특히 부인들의 항의 때문에 그 일도 계속하기가 힘겨웠습니다. 결국 피로에 지친 마음을 술로 달래게 되었지요. 그리고 그리 오래지 않아 잠잘 곳을 얻기 위해 늘어서 있던 그 행렬의 일원이 되어 엉터리 신상 이야기로 끼니를 때우는 이런 신세가 되어 버렸습니다. 자, 어떻습니까? 임금님. 이 거짓 없는 신상 이야기가 별로 마음에 들지 않으시나요? 그렇다면 월가의 비극적인 이야기로 다시 해 드릴 수도 있습니다. 하지만 아무래도 그것은 눈물이 있어야 제 맛인데 사실 이처럼 맛있는 식사를 한 후에는 좀 어울리지 않는 얘기일 것 같습니다."

"무슨 그런 말씀을……." 하고 찰머스는 진심을 담아서 말했다.

"정말 흥미진진한 이야기였소. 그런데 당신이 그린 초상화가 전부 그 사람의 좋지 못한 특징만 나타냈습니까? 아니면 당신의 특별한 초상화에서도 추한 면을 나타내지 않은 사람도 있었습니까?"

"몇몇 사람이 있었습니다."

플루머는 대답했다.

"대개의 어린이들이 그랬고, 또 몇 명의 여성과 남성도 그랬습니다. 전부가 안 좋은 사람일 리는 없지 않습니까? 모델이 되는 인간에게 문제가 없는 한 제 그림에도 문제는 나타나지 않았습니다. 왜 그런지는 설명할 수 없지만, 있는 그대로를 말씀드린 겁니다."

찰머스의 책상 위에는 그날 저녁 때, 외국으로부터 날아온 그 사진이 놓여 있었다. 10분 후 플루머는 찰머스의 부탁을 받아 파스텔로 그 사진의 여성을 스케치하고 있었다. 한 시간이 지나 그림을 완성한 화가가 피로한 모습으로 일어서며 기지개를 켰다.

"다 됐습니다." 하고 그는 말했다.

"시간이 너무 오래 걸렸군요. 미안합니다. 제게도 오랜만의 흥미 있는 작업이었습니다. 하지만 어제 잠잘 곳을 찾지 못해서인지 꽤나 피곤하군요. 자, 그러면 이제 돌아가야겠습니다."

찰머스는 그를 문 앞까지 배웅하면서 몇 장의 지폐를 그의 손에 쥐어 주었다.

"이거 정말 체면 불구하고 받아갑니다. 고맙습니다." 하고 플루머는 말했다.

"이것만 있으면 따뜻해질 때까지는 걱정 없이 지낼 수 있을 겁니다. 훌륭한 만찬을 베풀어 주신 점도 감사드립니다. 덕분에 오늘밤은 닭털 침대에 누워 바그다드의 꿈이라도 꿀 것 같군요. 아침이 밝아도 그 꿈에서 깨어나지 않으면 좋을 텐데……. 그러면 자애로운 임금님, 안녕히 계십시오."

그가 떠나자 찰머스는 다시 불안한 걸음걸이로 카펫 위를 걸어 다녔다. 하지만 이번에는 파스텔 스케치가 놓여 있는 책상으로부터 가능한 한 멀리 떨어져서 걸었다. 그는 두 번 세 번 그 그림 곁으로 다가가려고 시도했지만 어쩐지 그럴 용기가 나지 않았다. 진갈색과 금색, 갈색의 색채를 언

뜻 볼 수는 있었지만 그림 주위를 장벽처럼 누르고 있는 두려움 탓에 가까이 갈 수가 없었다. 잠시 앉아서 흥분을 가라앉힌 그는 벨을 눌러 필립스를 불렀다.

"이 건물에 아마 젊은 화가가 한 사람 살고 있을 거야. 라인만이라고 하던가? 아무튼 그가 어디에 살고 있는지 알고 있나?"

초조한 낯빛으로 그가 물었다.

"제일 꼭대기 층에 살고 있습니다." 하고 필립스가 즉각 대답했다.

"당장 가서 이곳에 와 주지 않겠느냐고 부탁해 보게."

얼마 기다리지 않아 라인만이 방으로 들어왔다. 찰머스는 자기소개를 마치고 바로 그를 부른 이유를 얘기했다.

"라인만 씨, 그 책상 위에 조그만 파스텔화가 보입니까? 그 작품의 예술적 가치에 대해서 당신의 의견을 꼭 듣고 싶습니다만……."

젊은 화가는 책상 곁으로 다가가 스케치화를 손에 들었다. 찰머스는 더 몸을 눕혀 의자에 깊숙이 기댔다.

"어떻게 생각하시오? 그 그림이……." 하고 그는 떨리는 목소리로 물었다.

이윽고 젊은 화가가 말했다.

“이 그림은 아무리 칭찬을 해도 모자랄 정도로 매우 훌륭한 작품입니다. 대담하면서도 섬세하고 또 진실이 나타나 있습니다. 저도 당황하지 않을 수 없을 정도인걸요. 정말 이렇게 훌륭한 파스텔화는 지난 몇 년 동안 본 적이 없습니다.”

“그 얼굴이나 인물, 그러니까 그 모델은 어떻습니까?”

“이 얼굴은 분명히 천사의 것입니다. 대체 이 부인이 누구지요?” 하고 화가가 물었다.

“제 아내입니다.”

찰머스는 몹시 놀란 눈으로 그를 바라보는 화가의 손을 잡고는 그의 등을 가볍게 두드렸다.

“아내는 지금 유럽을 여행하고 있는 중이라오. 라인반 씨, 그 스케치를 가지고 가서 당신의 생애를 건 걸작으로 만들어 주시지 않겠습니까? 수고비는 제게 맡기시고…….”

물레방아가 있는 교회

　　　　　레이크렌즈는 고급 피서지 안내서에는
지명조차 나와 있지 않은 조그만 마을이다. 클린치 강의
조그만 지류를 따라 뻗어 나간 컴벌랜드 산맥의 나지막한
돌출부에 위치해 있는 이곳은 한적한 협궤철도의 선로를
따라 스무 채 정도의 집이 들어서 있는 평화로운 마을이
다. 이 철로는 마치 솔밭 속에서 길을 잃어 외로움과 쓸쓸
함을 견디다 못해 레이크렌즈 곁으로 달려왔거나 레이크
렌즈가 미아처럼 떠돌아다니다가 기차가 와서 집으로 데
려가 주기를 바라고 철로가로 몰려든 것 같은 느낌을 들게
한다. 이곳이 왜 레이크렌즈라는 이름을 갖게 되었는지 그
것도 참 알 수 없는 일이다. 호숫가 주변에 있는 것도 아니
고, 땅이라고는 하지만 별로 가치 없는 척박한 땅뿐인 곳

인데 말이다.

마을에서 반 마일쯤 떨어진 곳에 '독수리 집'이 있었다. 이 넓고도 큰 저택은 값싼 비용으로 산의 맑은 공기를 마시러 오는 손님들을 위해 조사이어 랭킨이 운영하는 호텔이었다. 하지만 이 '독수리 집'의 경영은 우스울 정도로 서툴렀다. 새로운 장식은 거의 없고 뭐든지 예스러운 장식을 사용했다. 내 집에 있을 때와 다름없이 편안한 마음이 들 정도로 대접은 소홀했고 호텔 안도 적당히 흐트러져 있었다. 이 호텔은 깨끗한 방과 맛있고 풍부한 음식들이 언제나 마련되어 있었지만 나머지는 모두 손님과 솔밭에 맡겨 두는 식이었다. 자연은 약수와 포도덩굴 그네와 크리켓을 제공해 주고 있다. 크리켓의 쇠문도 여기서는 나무로 되어 있었다. 손님을 위해 호텔에서 특별히 제공하는 것이라고는 통나무로 지어진 무도회장에서 일주일에 두 번 열리는 무도회, 그리고 거기서 들리는 바이올린 소리와 기타 음악뿐이었다.

이런 '독수리 집'의 단골손님 중에는 요양을 하기 위해서 오는 사람보다 필요에 의해서 찾아오는 사람이 더 많았다. 이를테면 일년 내내 톱니바퀴를 회전시키기 위해서 2주일에 한 번은 태엽을 감아 주어야 하는 시계와 다름없는 바쁜 생활을 하는 사람들이었다. 산 아래의 마을에서 찾아오는 학생이 있는가 하면 가끔씩은 예술가도 눈에 띄었고, 산의 지층을 조사하는 데 여념이 없는 지질학자가 오는 경우도 있었다. 두 쌍의 단란한 가족이 여름내 지내려고 찾아오기도 하며 이 마을에서 '학교 선생님'으로 통하는 부지런한 부인 전도단체의 지친 회원 한두 사람이 이곳을 찾기도 했다.

그 '독수리 집'에서 4분의 1마일쯤 떨어진 곳에는 '독수리 집'의 안내서라도 발행한다면 틀림없이 명소로 소개될 만한 곳이 하나 있었다. 그것은 이제 제 노릇을 하지 못하는 오래되어서 낡고 낡은 물레방앗간이었다. 조사이어 랭킨의 표현을 빌리자면 이것은 미국에서 단 하나밖에 없는 물레방아가 있는 교회이고, 세계에서 단 하나밖에 없는 의자와 파이프 오르간이 놓여 있는 물레방앗간이었다. '독수리 집'에 묵고 있는 손님들은 안식일이면 이 낡은 물레방앗간 교회를 찾곤 했는데, 죄사함을 받은 크리스트 교도란 경험과 고뇌의 절구에 빻아지고 체에 걸러진 쓸모 있는 밀가루와 같은 것이라고 하는 목사의 설교를 들어야 했다.

해마다 초가을 즈음에 '독수리 집'에 찾아와 존경받는 귀한 손님 대접을 받으면서 잠시 묵고 가는 에이브럼 스트롱이라는 사람이 있었다. 마을 사람들은 모두 그를 '에이브럼 신부님'이라고 불렀다. 왜냐하면 그의 새하얀 머리카락과 혈색 좋은 얼굴은 상냥하면서도 기품이 있었고, 그의 웃음소리는 맑았으며 그가 입은 검정 옷과 차양이 넓은 모자가 언뜻 보기에 신부처럼 보였기 때문이다. 새로 온 손님도 그를 만나고 사나흘 뒤에는 이 허물없는 이름으로 부르게 되었다.

에이브럼 신부는 멀리 떨어진 북서부의 어느 활기찬 대도시에 살고 있었는데 일부러 이곳을 찾아왔다. 그는 그곳에 몇 개의 제분공장을 소유하고 있었는데 의자와 파이프 오르간이 있는 이 물레방앗간과는 비교도 안 될 만큼 — 개미가 제 집 주위를 돌듯이 화물 열차가 온종일 그 주위를 기어 다니는 — 산더미처럼 거대한 제분공장이었다.

지금부터 에이브럼 신부와 교회로 변한 물레방앗간의 얘기를 하려고 한다. 왜냐하면 이 두 이야기는 하나이기 때문이다.

교회가 아직 물레방앗간으로 쓰이고 있을 때 스트롱은 이 방앗간의 주인이었다. 그 지방에서 이 사람만큼 온통 밀가루에 묻혀 사는 유쾌하고 행복한 방아꾼도 없었다. 그는 방앗간과 길 하나를 사이에 둔 조그만 오두막에 살고 있었다. 일하는 솜씨는 그리 능숙하지 않았지만 방앗간 삯이 다른 곳보다 쌌기 때문에 산간에 사는 사람들은 몇 마일이나 되는 바윗길을 지나 가쁜 숨을 몰아쉬며 그의 방앗간으로 곡식을 날라 오곤 했다.

이 물레방앗간 주인의 유일한 기쁨은 어린 딸 어글레이어였다. 아마빛깔 머리의 아장아장 걸어 다니는 어린아이의 이름치고는 너무 거창한 것도 같지만 산골에 사는 사람들은 낭랑하게 들리는 멋지고 의젓한 이름을 더 좋아했다. ‘어글레이어’란 이름도 어머니가 책을 읽다가 그 속에서 발견해 내고는 붙여 준 것인데, 어린 시절 어글레이어는 그 이름을 싫어해서 멋대로 자기를 덤스라고 불렀다. 물레방앗간 주인과 그의 아내는 몇 번이나 어글레이어를 달래고 구슬려서 이 덤스라는 이상한 이름이 어디서 나왔는지를 알아내려고 했지만 허사였다. 집 뒤의 조그만 뜰에 로드덴드론 꽃밭이 있었는데, 이 부부는 아마도 딸이 이 화단에 핀 꽃 중 자기가 좋아하는 꽃의 어려운 이름과 덤스라는 말이 무언가 상통한다고 생각한 모양이라고 마침내 의견일치를 보았다.

어글레이어가 네 살이 되었을 무렵, 딸과 아버지는 날마다 조촐한 행사를 하고 하루의 일을 마치기로 했다. 그리고 날씨만 좋으면 이 행사는 계속되었다. 저녁식사 준비가 끝나면 어머니는 딸의 머리를 빗겨 주고 깨끗한 앞치마를 입혀서 방앗간으로 아버지를 마중 나가게 했다. 물레방앗간 주인은 딸이 방앗간 입구에 모습을 나타내면 온몸에 밀가루를 하얗게 덮어쓴 채로 손을 흔들면서 이 지방에서 옛날부터 전해 내려오는 방아꾼의 노래를 불렀다.

물방아가 돌아가면
밀가루가 빻아지네.
밀가루를 덮어쓰고
방아꾼은 즐겁다네.
아침부터 밤까지
노래 속에 살아가네.
귀여운 아기를 생각하면
이런 일도 즐겁다네.

그러면 어글레이어는 생글생글 웃으며 달려와 소리쳤다.
"아빠, 덤스를 집에 데려다 줘!"
그러면 물레방앗간 주인은 달려드는 딸을 안아 올려 목마를 태우고 방아꾼의 노래를 부르면서 저녁을 먹으러 집

으로 성큼성큼 걸어갔다. 이 행사는 저녁때마다 거르지 않고 행해졌다.

어글레이어가 네 번째 생일을 맞이하고 꼭 일주일이 지난 어느 날, 갑자기 어글레이어의 모습이 사라졌다. 그 아이의 마지막 모습은 집 앞 길바닥에 앉아 들꽃을 따는 것이었다. 어머니가 집에서 너무 멀리 가지 않도록 주의를 준 후 잠시 집 안으로 들어갔다 나왔을 때 딸은 어디에도 없었다. 물론 어글레이어를 찾으려고 할 수 있는 모든 노력을 다 했지만 결국 헛수고로 돌아가고 말았다. 마을 사람들은 사방 몇 마일 안의 산과 숲속을 샅샅이 뒤지고 다녔다. 물레방아로 흘러드는 물길이며 시냇물의 둑까지 따라가 보았지만 아무런 흔적도 발견할 수 없었다. 어글레이어가 사라지기 하루 이틀 전쯤에 집 가까운 숲속에서 야영하던 집시 가족이 있었는데 마을 사람들은 어쩌면 그들이 아이를 납치해 갔는지도 모른다고 수군거렸다. 그래서 집시의 마자를 뒤쫓아 가 뒤져 보았지만 아이는 없었다.

물레방앗간 주인은 그후 2년간 더 이 방앗간에 머물었지만 딸을 찾을 수 있다는 희망은 점점 사라졌다. 부부는 북서부로 이사했다. 그리고 2~3년이 못 되어 그는 제분업이 번창한 그 도시에서 근대적인 제분공장의 주인이 되었다.

그러나 스트롱 부인은 어글레이어를 잃은 마음의 상처에서 끝내 회복되지 못하고 이사 간 지 2년 만에 세상을 떠났다. 때문에 그때부터 스트롱 혼자서 모든 슬픔을 견뎌 내야만 했다.

생활이 넉넉해지자 에이브럼 스트롱은 레이크렌즈의 물레방앗간을 찾았다. 그곳의 풍경은 그에게는 커다란 슬픔의 근원이었다. 그러나 그는 강인한 사람이었다. 아무리 큰 슬픔을 간직했다고 해도 겉으로 드러나는 그의 명랑함과 친절함을 없앨 수는 없었다. 그가 이 오래된 물레방앗간을 교회로 개조할 생각을 한 것은 바로 이 무렵이었다. 레이크 렌즈 사람들은 너무 가난해서 교회를 세울 수가 없었다. 산간벽지 사람들도 그보다 더욱 가난했기 때문에 이들을 도울 힘이 없었다. 그래서 이 마을을 중심으로 한 사방 20마일 안에서는 교회라곤 찾아볼 수가 없었다.

물레방앗간 주인은 방앗간의 외관은 그대로 두기로 했다. 위에서 물이 쏟아져 내려 커다란 바퀴를 돌리는 상사식의 물레방아도 그대로 남겨 두었다. 이 교회를 찾았던 젊은 이들은 오래되어 연해진 물레방아의 목재 위에다 자기 이름의 머리글자를 새겨 놓았다. 한 쪽이 허물어진 둑 때문에 깨끗하고 맑은 산골 물이 막힘없이 바위 위를 굽이치며 흐르고 있었다. 방앗간의 내부는 크게 바뀌었다. 방아굴대와 맷돌과 도르래 등은 제거되었고, 가운데 통로를 사이에 두고 의자를 두 줄로 쭉 놓았으며 안쪽에는 설교 단을 설치하였다. 세 개의 벽 쪽에 만들어진 2층에는 좌석이 마련되었고 층계가 설치되었다. 그 2층에 오르간 — 진짜 파이프 오르간 — 이 놓여졌다. 이것은 '물레방앗간 교회' 교인들의 자랑거리였다. 오르간의 연주는 피비 서머스가 맡았다. 레이크렌즈의 소년들은 매주 주일 예배 때마다 교대로 오르간의 공기 펌프질을 해 주는 것을 기쁨으로 여겼다. 설교자는 베인브리지 목사인데 예배시간이 다가오면 어김없이 '다람쥐 계곡'에서 늙은 백마를 타고 그 모습을 드러냈다. 설교자에게는 일년에 5백 달러, 피비에게는 2백 달러를 지불해야 했는데 이 모든 비용은 에이브럼 스트롱이 부담하였다. 이렇게 하여 물레방앗간은 어글레이어를 기념하는 동시에 그녀가 살던 마을 사람들에게는 하나님의 은총을 얻는 고마운 장소로 바뀌게 되었던 것이다. 어글레이어의 짧은 생애는 많은 사람들의 70년의 삶보다도 더 많은 것을 남겼다. 그런데 에이브럼 스트롱은 그외에 그녀를 기념하기 위한 다른 것을 만들었는데, 북서부에 있는 그의 공장에서 '어글레이어 표' 밀가루를 생산하기 시작한 것이다.

그것은 더 말할 나위 없는 훌륭한 품질의 밀로만 만들어졌다. 그런데 이 '어글레이어 표' 밀가루가 두 개의 가격으로 판매되고 있다는 사실을 모든 사람들이 알게 되었다. 하나는 가장 비싼 가격이었고 다른 하나는 공짜였다.

사람들을 곤궁에 빠뜨리는 재해 — 이를테면 화재나 홍수, 회오리바람이나 파업, 기근 따위 — 가 일어나면, 그곳이 어디든지 간에 곧 많은 양의 '어글레이어 표' 밀가루가 보내졌다. 그 일은 매우 신중하고도 조심스럽게 검토되었지만 일단 밀가루를 제공하기로 결정되면 충분한 양이 보내졌다. 그 밀가루는 자유로이 분배되었고 굶주린 사람들에게는 1센트도 받지 않았다. 도시 빈민가에 큰불이라도 나면 제일 먼저 오는 것은 소방단장의 마차고, 그다음이 '어글레이어 표' 밀가루를 가득 실은 짐차이고, 그다음에야 소방펌프가 온다고 사람들은 쑥덕거렸다.

이것이 바로 어글레이어를 위해 에이브럼 스트롱이 이룬 또 하나의 기념사업이었던 것이다. 사실 이것은 너무 실리적인 사업이기 때문에 시인의 눈에는 아름다움의 주제가 되지 못할지도 모른다. 그러나 또 다른 사람들에게는 순수하게 빻아진 하얀 밀가루가 사랑과 자선의 사명을 띠고 운반되어 가는 것이 지금은 죽고 없는 사랑하는 딸의 영혼을 위한 것이라는 생각과 이어져서 마음 훈훈해지는 아름다운 일로 여겨질 것이 틀림없다.

어느 해였는지, 컴벌랜드 일대에 재해가 닥친 적이 있었다. 흉년 때문에 어느 곳은 곡물 수확이 줄었고 어떤 곳은 전혀 수확을 얻지 못하기도 했다. 게다가 사람들의 재산에 막대한 손해를 끼친 산사태도 일어났다. 숲속에서 구할 수 있는 것도 너무 적어 사냥꾼들은 빈손으로 돌아오기 일쑤였다. 특히 레이크렌즈 일대의 형편은 더욱 극심했다.

이 소식을 들은 에이브럼 스트롱은 즉시 명령을 내렸고 레이크렌즈의 조그만 협궤철도로 곧 '어글레이어 표' 밀가루가 실려 오기 시작했다. 스트롱은 그 밀가루를 '물레방앗간 교회'의 2층에 쌓아 두게 하고, 예배하러 오는 사람에게 한 포씩 나누어 주었다.

그 2주일 후 에이브럼 스트롱은 여느 때와 다름없이 '독수리 집'으로 찾아왔고 다시 '에이브럼 신부'로 불렸다.

그해 '독수리 집'의 손님은 적은 편이었다. 그 몇 안 되는 손님 중에 로즈 체스터가 있었다. 그녀는 애틀랜타에서 왔는데 그곳의 어느 백화점에서 일하고 있었다. 이번에 그녀가 이곳으로 오게 된 것은 그녀가 태어나 처음으로 가져 보는 휴가 덕분이었다. 백화점 지배인 부인이 언젠가 여름을 '독수리 집'에서 보낸 후 평소 그녀가 귀여워하던 로즈에게 3주일간의 휴가 때는 꼭 그곳에 가 보라고 권했던 것이었다. 그리고 지배인 부인은 로즈에게 랭킨 부인 앞으로 보내는 소개장도 써 주었다. 랭킨 부인은 기쁜 마음으로 로즈를 맞아들이고는 자진해서 그녀의 뒷바라지를 맡아 주었다.

로즈는 그다지 건강한 편이 아니었다. 항상 실내 생활을 해서 그런지 스무 살의 처녀치고는 안색이 창백했고 몸도 허약했다. 그러나 레이크렌즈에서 일주일 정도 머무는 동안에 그녀는 몰라 볼 만큼 혈색이 좋아지면서 기운을 되찾았다. 컴벌랜드 지방이 제일 아름다운 때는 9월이었다. 그때 즈음이면 산의 나무들은 온통 단풍으로 곱게 물들었으며 공기는 샴페인처럼 감미로웠고, 밤이 되면 상쾌하고 시원스런 공기 덕분에 '독수리 집'의 폭신한 담요를 덮으면 더없이 만족스러웠다.

에이브럼과 로즈는 금세 사이좋은 친구가 되었다. 늙은 제분공장 주인은 랭킨 부인을 통해 로즈의 형편을 들어 알고 있었다. 그런 이유에서 그녀에게 관심을 기울였던 것이다. 로즈는 숲속에서의 생활이 처음이었다. 지금까지 내내 따뜻하고 평탄한 애틀랜타 시에서 벗어나 본 일이 없었으

므로 컴벌랜드 지방의 웅장한 자연의 변화가 마음이 설레
도록 기뻤으며 이곳에 머무는 동안 이것들에 흠뻑 젖어들
고 싶었다. 얼마 안 되는 저축이었지만 여러 가지 경비를
비롯하여 면밀한 예산을 짜두었기 때문에 다시 직장으로
돌아갔을 때에는 얼마가 남을 것인가 하는 것까지 다 알고
있었다.

로즈가 말이 통하는 친구로 에이브럼 신부를 알게 된 것
은 참 다행스런 일이었다. 그에게 레이크렌즈 부근의 산속
길이나 봉우리나 고개나 낯선 곳이라곤 하나도 없었다. 그
의 안내를 받아서 그녀는 솔밭 속 나무에 덮인 어둑어둑한
오솔길의 신비로운 아름다움, 그대로 모습을 드러내고 있
는 바위의 장엄함, 수정처럼 맑은 대기가 가득한 아침의 싱
쾌함, 이루 표현할 수 없이 고요한 꿈같은 황금빛 오후를
알게 되었다. 두 사람은 모두 타고난 낙천가였으며, 진심
어린 온화함이 담긴 부드럽고 밝은 얼굴로 사람들과 대면
하는 방법을 자연스레 터득하고 있었다.

어느 날 로즈는 '독수리 집'에 묵고 있는 한 손님으로부
터 에이브럼 신부의 실종된 딸 이야기를 듣게 되었다. 감동
적인 이야기에 눈물을 글썽이며 나가 보니 제분공장 주인
은 그가 좋아하는 약수터 근처에 놓여 있는 통나무 벤치 위

에 앉아 있었다. 에이브럼 신부는 그의 사랑스런 동무가 살며시 그의 손바닥 안으로 자신의 손을 밀어넣고는 눈물을 글썽거리며 자기를 쳐다보자 깜짝 놀랐다.

"에이브럼 신부님." 하고 그녀는 말했다.

"정말 슬픈 일이에요. 저는 신부님의 딸 이야기를 여태껏 전혀 모르고 있었어요. 하지만 꼭 찾게 되실 거예요. 정말 하루 빨리 찾으셨으면 좋겠어요."

제분공장 주인은 곧 진지한 표정으로 미소를 지으며 그녀를 바라보았다.

"고마워요, 로즈 양." 하고 그는 여느 때와 다름없이 다정한 말투로 말했다.

"하지만 이제 와서 어글레이어를 찾는다는 건 힘들 것 같아요. 처음 몇 해 동안은 아마 부랑자들에게 납치되었을 테니 분명히 살아 있으리라는 확신을 가지고 있었지만 이젠 그 희망이 사라졌어요. 대신 물에 빠졌을지도 모르겠다는 생각이 드는군요."

"그런 생각들 때문에 얼마나 애를 태우셨을지 알 것 같아요. 그런데도 신부님은 언제나 명랑하시고 오히려 남의 괴로운 사정을 이해하시고 도와주시니……. 정말 신부님은 좋으신 분이세요."

"로즈 양이야말로 좋은 아가씨예요." 하고 제분공장 주인은 로즈의 말투를 흉내 내면서 웃음을 머금었다.

"로즈 양만큼 동정심이 많은 사람은 드물 거예요."

문득 로즈는 장난스러운 생각을 하나 떠올렸다.

"저어…… 에이브럼 신부님." 하고 그녀는 말했다.

"만약에, 만약에 말이에요. 제가 신부님 딸이라고 한다면 어떨까요? 참 낭만적인 일이죠? 하지만 제가 신부님 딸이라니 역시 어울리지 않는 일이겠지요?"

"아니, 아니. 난 진짜 그랬으면 좋겠어요." 하고 제분공장 주인은 진지하게 말했다.

"만일 어글레이어가 아직 살아 있다면, 로즈 양처럼 귀여운 아가씨가 되어 있으리라 생각하고 있었어요. 보르시, 어쩌면 로즈 양이 정말 어글레이어인지도……."

그녀의 장난기에 장단을 맞추며 그는 말을 계속했다.

"혹시, 물레방앗간 같은 데서 지냈던 기억이 없나요?"

로즈는 잠시 깊은 생각에 잠겼다. 그 커다란 눈동자는 어딘가 먼 곳을 가만히 응시하고 있었다. 에이브럼 신부는 그녀가 갑자기 심각해진 것에 미소를 지으며 그녀를 주시하고 있었다. 한참 만에 그녀의 시선이 되돌아왔다.

"아니요." 하고 그녀는 깊은 한숨을 내쉬며 말했다.

“물레방아에 대한 기억이 제겐 전혀 없는걸요. 신부님의 저 특별하고 조그만 물레방앗간 교회를 보기까지 전 한 번도 물레방아를 본 적이 없는 것 같아요. 제가 신부님의 딸이라면 이렇게까지 까맣게 기억에서 지워졌을 리는 없을 텐데 말예요. 그렇죠? 정말 아쉬워요, 신부님.”

“나 역시 유감이에요.” 하고 그는 달래는 듯한 목소리로 말했다.

“하지만 로즈 양, 설령 내 딸이라는 기억은 없어도 누군가 다른 사람의 딸이라는 기억은 있겠지? 부모님이 누군지에 대해서도 말이야.”

“물론이에요. 특히, 아버지에 대해서 말이에요. 아버지는 신부님과는 퍽 대조적인 사람이었어요. 에이브럼 신부님, 전 그저 장난으로 말했던 거예요. 자, 이제 그만 쉬세요. 오늘 오후에는 송어가 헤엄치는 것을 볼 수 있는 연못에 데려가 주시겠다고 약속하셨잖아요. 전 아직 한 번도 송어를 본 적이 없답니다.”

어느 날 오후 느지막한 시간에 에이브럼 신부는 혼자서 옛날 물레방앗간을 찾아가 의자에 앉았다. 그는 그곳에서 길 하나를 사이에 둔 조그만 오두막집에 살고 있었을 때를 회상하는 것이 오랜 버릇처럼 되어 있었다. 세월이 슬픔의

날카로움을 무디게 만들었고 이제는 그 시절을 돌이켜 생각해도 그다지 고통스럽지 않았다. 하지만 울적한 9월의 오후, 에이브럼 스트롱이 '덤스'가 노란 고수머리를 휘날리며 달려 들어서곤 했던 곳에 있을 때만은 레이크렌즈 사람들이 언제나 그의 얼굴에서 볼 수 있었던 그 미소는 사라졌다.

제분공장 주인은 꼬불꼬불 가파르게 난 오르막길을 느린 걸음으로 올라갔다. 나무가 길 바로 옆에까지 무성하게 가지를 뻗고 있었으므로 그는 모자를 벗어 들고 그늘진 곳을 걸었다. 몇 마리의 다람쥐가 오른쪽의 낡은 울타리 뒤를 즐거운 듯이 뛰어다니고 있었고 메추라기는 보리 그루터기 속에서 새끼를 부르고 있었다. 저물어 가는 해가 서쪽으로 트인 산골짜기 뒤에서 옅어진 금빛 광선을 쏟아 내고 있었다. 9월 초. 어글레이어가 행방불명된 그 날짜가 불과 며칠 뒤로 다가와 있었다.

산 담쟁이덩굴에 반쯤 덮여진 낡은 상사식 물레방아는 나무 사이로 흘러들어 오는 햇살을 받아 드문드문 얼룩이 졌다. 그리운 오두막은 여전히 길 맞은편에 서 있었지만 아무래도 올 겨울의 사나운 바람을 견디지 못할 것만 같았다. 나팔꽃과 야생 표주박덩굴이 온통 벽을 휘감고 있었으며 문짝도 경첩 하나로 겨우 붙어 있었다. 에이브럼 신부는 물레방앗간의 문을 밀고 조용히 안으로 들어섰다. 그리고는 깜짝 놀라 걸음을 멈추었다. 안쪽에서 누군가 울고 있는 소리가 들렸던 것이다. 다가가 보니 로즈가 어두운 벤치에 앉아 두 손에 펼쳐 든 편지지에 얼굴을 묻고 울고 있었다.

에이브럼 신부는 그녀 곁으로 가까이 다가가서 커다란 손을 그녀의 어깨에 얹었다. 그녀는 얼굴을 들고 떨리는 작은 목소리로 그의 이름을 부르고는 무슨 말인가 하려고 했다.

"아니에요, 로즈 양." 하고 제분공장 주인은 부드러운 목소리로 말했다.

"지금은 아무 말도 하지 않아도 돼요. 마음이 울저할 때는 울고 싶은 만큼 실컷 우는 게 좋아요."

나이 많은 제분공장 주인은 이미 깊은 슬픔을 겪었기 때문에 남의 슬픔을 덮어 주는 데 있어서는 마술사와도 같았다. 서서히 로즈의 흐느낌 소리가 가라앉았다. 그녀는 가장자리에 장식이 없는 조그만 손수건을 꺼내서 에이브럼 신부의 커다란 손등으로 굴러 떨어진 자기의 눈물을 닦았다. 그리고 아직도 눈물이 고인 눈을 들어 에이브럼을 보고는 방긋 웃음 지었다. 로즈는 눈물이 마르기 전에 미소를 지을 줄 알았다. 그것은 에이브럼 신부가 자신의 슬픔을 감추고 명랑한 얼굴을 할 수 있는 것과 비슷한 부분이었는데 그 점에서 두 사람은 매우 닮았다.

제분공장 주인은 그녀에게 아무것도 묻지 않았다. 로즈는 스스로 자기가 울 수밖에 없었던 일들을 털어놓기 시작했다.

그것은 젊은이들에게는 더없이 중요한 일이지만 늙은 사람들에게는 추억의 미소를 불러일으키는 매우 흔한 이야기였다. 여러분이 이미 짐작하고 있듯이 그것은 흔한 연애 이야기였다. 아주 착하고 전도유망한 한 청년이 애틀랜타에 살고 있었다. 그는 애틀랜타의, 아니 그린란드에서 파타고니아에 이르기까지 그 어떤 여성도 로즈보다 훌륭한 성품을 가진 이가 없다고 생각했다. 로즈는 지금 자기를 울게 만든 그 편지를 에이브럼 신부에게 보여 주었다. 거기엔 그 청년의 애정이 듬뿍 담겨 있음을 느낄 수 있었다. 착하고 훌륭한 젊은이들이 종종 쓰는 여느 연애편지처럼 조금 과장되어 있었고, 다소 성급한 느낌이 드는 편지였다. 그는 지금 당장 결혼해 달라며 그녀에게 청혼하고 있었다. 그녀가 3주일간의 여행을 떠난 뒤 자기는 세상에 살아 있는 것 같지도 않다고 했다. 속히 회답을 해 달라고 부탁하고는 만일 그것이 긍정적인 회답이라면 아무것도 개의치 않고 레이크렌즈로 곧장 달려오겠다는 것이었다.

"이 편지에 무슨 문제라도 있는 거요?" 하고 제분공장 주인은 편지를 다 읽은 후에 물어보았다.

"전 그이와 결혼할 수 없어요." 하고 로즈는 대답했다.

"이 사람과 결혼하고 싶기는 한 거지요?" 하고 에이브럼 신부는 물었다.

"네, 전 그이를 사랑해요. 그렇지만……."

그녀는 고개를 숙이더니 다시 흐느끼기 시작했다.

"자, 로즈 양, 봐요." 하고 제분공장 주인은 그녀를 달랬다.

"자, 말해 봐요. 굳이 이것저것 캐묻지는 않겠지만 날 믿을 수 있겠지요?"

"전 신부님을 진심으로 믿어요." 하고 그녀는 말했다.

"제가 어째서 랠프의 청혼을 거절해야 하는지 그 이유를 말씀드릴게요. 전 참으로 보잘것없는 여자예요. 실은 진짜 이름이 없어서…… 지금 불리는 이 이름도 가짜랍니다. 그런데 정말 랠프는 훌륭한 남자거든요. 그래서 전 진심으로 랠프를 사랑하고 있지만 그이의 아내가 될 수는 없는 거예요."

"대체 무슨 소릴 하는 거예요?" 하고 에이브럼 신부는 말했다.

"로즈 양은 부모님을 기억한다고 했잖아요? 그런데 어째서 이름이 없다는 거지요? 이해할 수가 없군요."

"부모님은 기억하고 있어요." 하고 로즈는 계속해서 말했다.

"슬프도록 뚜렷이 기억할 수 있어요. 어딘지는 모르겠지만 저는 남부에서 살았었답니다. 우리 가족은 자주 여러 도시로 옮겨 다니며 살아야 했어요. 전 목화도 따고 공장에서 일도 했어요. 그런데도 먹을 것과 입을 것은 늘 부족했고 어려운 생활은 계속됐어요. 어머니는 제게 조금은 다정하셨지만, 아버지는 몹시 난폭해서 자주 절 때렸어요. 아마 두 분 다 너무 게을러서 한 군데에 눌러앉아 살 수 없었나 봐요. 애틀랜타 가까이에 있는 강가의 조그만 읍에 살았던 어느 날 밤, 부모님이 크게 싸웠지요. 아주 심한 욕이 두 사람 사이에서 오가는 사이, 전 그때 비로소 알게 된 거예요. 에이브럼 신부님, 전 그제야 알았어요. 저한테는 아무 권리도 없다는 걸……. 아시겠어요? 제겐 이름을 가질 권리마저 없었던 거예요. 전 부모가 누구인지도 모르는 사람이었던 거예요. 그날 밤 저는 집을 뛰쳐나왔어요. 그리곤 애틀랜타까지 걸어와서 일자리를 구했고 맘대로 로즈 체스터라는 이름을 지어 사용해 왔어요. 그때부터 지금까지 전 제 힘으로 살아온 거예요. 이제 제가 그이와 결혼할 수 없는 이유를 아시겠죠? 아아, 저는 차마 이런 얘기를 그이에게 털어놓을 수가 없어요."

어떤 동정이나 연민보다 그녀에게 힘이 되어 준 것은 에이브럼 신부가 그녀의 슬픔을 아주 대수롭지 않다는 듯이 대하는 태도였다.

"난 또, 무슨 일이라고. 그래, 그 일 때문이었어요?" 하고 신부는 가볍게 말했다.

"원 참, 어이없어서, 나는 뭔가 큰 문제라도 있는 줄 알았어요. 만일 그 젊은이가 훌륭한 남자라면 로즈 양이 가문 따위는 조금도 개의치 않을 거예요. 자, 로즈 양 내 말을 믿어요. 그 사람이 사랑하고 있는 건 로즈 양 바로 당신이에요. 방금 내게 말한 것처럼 그에게도 털어놓아요. 그러면 반드시 그런 일쯤은 다 이해하고 오히려 더욱더 로즈 양을 아껴 줄 거예요."

"전 도저히 말할 수가 없어요." 하고 애처로운 표정으로 로즈는 말했다.

"그리고 전 그이와도, 아니 다른 누구와도 결혼하지 않겠어요. 전 결혼할 권리도 없는 사람이니까요.”

그때 아직도 햇빛이 남아 있는 길을 몸을 흔들며 걸어오는 긴 그림자 하나가 두 사람의 눈에 들어왔다. 그리고 또 하나의 작은 그림자가 뛰듯이 따라오고 있는 것도 보였다. 누군지 모를 두 개의 그림자는 곧장 물레방앗간 교회로 다가왔다. 긴 그림자는 오르간을 연습하러 온 피비 서머스의 것이었고, 짧은 그림자는 열두 살 난 토미의 것이었다. 오늘은 토미가 피비의 연주를 위해서 오르간에 공기를 넣어 주는 날이었다. 토미의 맨발은 자랑스러운 듯이 길바닥의 먼지를 가볍게 차올리고 있었다.

피비는 라일락 나뭇가지의 무늬를 곱게 물들인 사라사 드레스를 입고 있었고 조그맣게 돌돌 말아 귀 바로 위에 붙인 머리카락도 아주 예뻤다. 그녀는 에이브럼 신부에게 무릎을 굽혀 공손히 인사를 하고는 로즈에게는 가볍게 말아 올린 머리를 흔들어 예의바른 인사를 했다. 그러고는 피비는 소년과 함께 오르간이 놓인 2층으로 올라가 버렸다.

짙어 가는 저녁의 노을 속에서, 에이브럼 신부와 로즈는 1층에 계속 머물러 있었다. 두 사람은 아무 말도 하지 않았다. 아마도 각자의 추억에 잠겨 있는 것 같았다. 로즈는 양 볼을 두 손으로 감싸고 어딘가 먼 곳을 응시하고 있었다. 에이브럼 신부는 그 의자 옆에 선 채로 바깥을 바라보다가 허물어져 가는 오두막집에 가 멈추더니 움직일 줄을 몰랐다.

그 순간 주위의 풍경이 20년 전의 과거로 그를 이끌어 갔다. 오르간에 들어간 공기의 양이 얼마나 되는지 알아보려고 피비가 저음의 건반을 계속 누르고 있었기 때문에 토미는 끊임없이 펌프질을 했다. 에이브럼 신부에게는 교회의 존재 같은 건 벌써 사라지고 없었다. 지금 목조 건물을 흔들고 있는 깊은 진동음이 그에게는 오르간 소리가 아닌 낮게 둥둥거리는 물레방아 소리였다. 그는 상사식 물레방앗간에서 온통 밀가루투성이가 되곤 했던 옛날의 그 명랑한 물레방앗긴 주인으로 되돌아긴 느낌이었다. 빌써 저녁이었다. 이제 곧 어글레이어가 저녁을 먹으러 가자고 아마빛 고수머리를 날리면서 길을 건너 달려들어 올 시간인 것이다. 에이브럼 신부의 시선은 오두막십의 부서져 가는 분에서 떠날 줄을 몰랐다.

그때 이상한 일이 일어났다. 2층에 밀가루 부대가 몇 줄이나 길게 쌓여 있었는데 ― 아마도 그중 하나에 쥐가 구멍을 뚫기라도 했는지 ― 커다랗게 울려 퍼지는 오르간 소리의 진동 때문에 밀가루가 2층 마룻바닥 틈새로 흘러내리더니 에이브럼 신부의 머리를 하얗게 만들어 버렸다. 그러자 늙은 제분공장 주인은 의자 사이의 통로로 나가서 두 팔을 흔들어 대며 그 방아 노래를 부르기 시작했다.

물방아가 돌아가면
밀가루가 빻아지네.
밀가루를 덮어쓰고
방아꾼은 즐겁다네.

그러자 이때 다시 기적이 일어났다. 로즈가 의자에서 몸을 일으키더니 밀가루만큼이나 새하얀 얼굴로, 마치 몽유병 환자처럼 눈을 크게 뜨고 에이브럼 신부를 쳐다보았다. 그가 노래를 부르기 시작하자 그녀는 두 팔을 그에게 내밀더니 꿈꾸는 듯한 목소리로 말했다.
"아빠, 덤스를 집에 데려다 줘!"
피비는 오르간의 건반에서 손을 떼었다. 자기도 의식하지 못하는 사이에 그녀는 훌륭한 역할을 한 것이다. 그녀가 울린 오르간 소리가 닫혀 있던 기억의 문을 활짝 열어 준 것이다. 에이브럼 신부는 한 번 잃어버렸던 어글레이어를 다시 놓치지 않겠다는 듯이 두 팔로 꼭 끌어안았다.

레이크렌즈를 찾아가면 이 이야기를 더욱 상세하게 들을 수 있을 것이다. 이 다음 이야기가 어떻게 전개되었는지, 또 9월의 어느 날 떠돌아다니던 집시가 덤스의 귀여운 모습을 보고 순간적으로 납치해 간 그때의 일들도 더욱 자세히 알 수 있을 것이다. 그러니 상세한 것은 ‘독수리 집’의 나무 그늘에 편안한 자세로 앉아서 좀 더 기다리는 것이 좋겠다. 그러면 느긋하게 쉬면서 들을 수 있을 것이다. 다만 내 이야기는 피비가 연주한 오르간의 저음이 조용히 울리고 있는 동안에 끝내는 것이 제일 좋을 것 같다는 생각이 든다.

하지만 이 이야기의 가장 멋진 장면은 에이브럼 신부와 그의 친딸이 기쁨을 억누르지 못하여 할 말조차 잊은 채 ‘독수리 집’으로 돌아가고 있는 황혼녘 길 위에서의 모습이라고 생각한다.

“아버지.” 하고 그녀는 아직도 믿어지시 않아서인지 망설이는 투로 그를 불렀다.

“아버지는 돈을 많이 가지고 계세요?”

“돈이 많냐고?” 하고 제분공장 주인은 말했다.

“글쎄, 주문에 따라서 대답이 달라져야 할 것 같구나. 달님이라든가 뭐 그런 것을 사고 싶다는 게 아니라면 많다고 해도 좋아.”

“너무너무 많이 들겠죠?”

늘 돈을 계산하는 것이 습관인 어글레이어가 물었다.

“애틀랜타에 전보를 치려면 말이에요.”

“아!”

에이브럼 신부는 조그맣게 한숨을 내쉬면서 말했다.

“이제 알았다. 너 랠프를 부르고 싶은 게로구나.”

어글레이어는 사랑스러운 눈빛으로 방긋이 웃으며 아버지를 쳐다보았다.

“아니에요. 그 사람한테 기다려 달라고 전하고 싶어서요.” 하고 그녀는 말을 이었다.

“저는 이제야 아버지를 겨우 만났잖아요. 그러니까 한참 동안은 아버지와 단 둘이서만 지내고 싶어요. 그 사람한테는 조금만 더 기다려 달라고 말하려구요.”

경관과 찬송가

소피는 단골로 차지하는 메디슨 스퀘어 공원의 벤치 위에서 불편한 듯이 몸을 움직였다. 밤이 되어 기러기가 하늘 높이 울며 날아가고, 물개가죽 코트가 없는 부인들이 남편에게 좀 더 상냥해지기 시작하고, 소피기 공원 안 그의 벤치에서 불편하게 몸을 뒤척일 때면 겨울이 가까이 다가온 것을 알게 된다.

나엽 하나가 소피의 무릎에 떨어졌다. 그것은 거울을 알리는 잭 프로스트(서리를 의인화한 표현)의 명함인 것이다. 잭은 메디슨 스퀘어 공원의 단골들에게 친절하게도 해마다 이곳에 찾아온다고 미리 경고를 해 준다. 길 네거리의 모퉁이에서 그는 모든 노숙자들의 저택 문지기인 북풍에게 그의 명함을 건네주어 거주자들로 하여금 미리 준비를 하게 한다.

소피의 마음도 다가오는 혹한에 대비하기 위한 예산 위원회를 만들어 스스로 해결해야 할 시기가 되었음을 깨닫게 되었다. 그래서 그는 그의 벤치 위에서 불편하게 움직이는 것이다.

추위를 피하고자 하는 소피의 희망이 그렇게 대단한 것은 아니었다. 예를 들어 지중해를 항해한다든가, 졸음이 오는 남국의 하늘 아래라든가, 베수비안 만의 뱃놀이 따위는 결코 아니었다. 그저 형무소 섬에서 석 달만 보내는 것이 그의 간절한 심정인 것이다. 북풍과 경찰관으로부터 안전하고 먹고 잠자는 것이 보장되며, 뜻 맞는 친구까지 있는 석 달이 소피에게는 가장 훌륭하고 바람직한 것으로 보이는 것이었다.

벌써 몇 년 동안이나 손님 대접이 좋은 블랙웰스 섬이 그의 겨울 숙소로 되어 왔던 것이다. 마치 그보다 운이 좋은 뉴욕 사람들이 겨울이면 팜비치나 리비에라행 기차표를 사는 것처럼, 소피도 해마다 섬으로 도피할 소박한 준비를 해 왔던 것이다. 그리고 지금 그때가 온 것이다. 전날 밤 공원 안의 오래된 분수 옆 벤치에서 잤을 때, 코트 아래 복사뼈 근처와 무릎 위에 펼쳐 덮은 석 장의 일요신문으로는 도저히 추위를 물리칠 수가 없었다. 그래서 그 섬이 크게 떠올라 소피의 마음속에 때맞추어 자리를 잡게 되었다. 그는 극빈자들을 위한 자선의 명목으로 시에서 만들어 놓은 여러 가지 시설을 경멸한다. 소피의 견해에 의하면, 소위 자선은 법률보다 친절하지 못하다는 것이다. 그가 원하기만 하면 지방의 자치단체나 시영 자선단체에서 제공하는 간단한 식사와 잠자리를 얼마든지 이용할 수 있다. 그러나 소피처럼 자존심을 중요시하는 사람에게 자선을 받는 것은 꺼림칙한 일이다. 비록 돈은 아니지만 자선 사업의 혜택을 받을 적마다 사람들은 비굴하게 굽실거리는 대가를 지불해야 하는 것이다. 뿐만 아니라 마치 시저와 그의 브루투스처럼 모든 자선의 침대에는 목욕이라는 사용세가 따랐고, 빵 한 조각에도 반드시 개인적 신상 조사라고 하는 대가를 치러야 했다. 그래서 차라리 법률에 의지하는 편이 나은 것이다. 법률은 규칙대로 십행되지만 신사의 사사로운 일에 부당하게 간섭하지 않는다.

소피는 섬으로 가기로 결심하고 즉시 그 소원을 달성하기 위한 일에 착수했다. 그러기 위해서는 여러 가지 쉬운 방법이 있다. 가장 유쾌한 방법은 고급 음식점에서 고급스러운 식사를 하고 나서 돈이 없다고 말하면 법석 떨 것 없이 얌전히 경찰관에게 인도되는 것이다. 그러면 친절한 치안 판사가 뒷일을 처리해 줄 것이다.

소피는 벤치를 떠나 어슬렁어슬렁 공원 밖으로 나와 브로드웨이와 5번가가 합류되는 바다처럼 넓은 아스팔트 길을 건넜다. 브로드웨이를 끼고 돌아선 그는 눈부시게 화려한 어느 카페 앞에서 발을 멈추었다. 이곳은 밤마다 비단옷을 멋지게 차려입은 상류사회 사람들이 최고급 포도주를 마시기 위해 모여드는 곳이다.

소피는 조끼의 맨 아래 단추부터 위로는 자신이 있었다. 면도도 했고 겉옷도 꽤 훌륭했으며 그가 맨 긴 넥타이는 추수 감사절에 어느 여자 선교사에게서 선물로 받은 것이었다. 그가 의심받지 않고 음식점의 식탁까지만 도달하면 성공은 그의 것이었다. 즉, 식탁 위로 나타난 부분은 웨이터에게 전혀 의심을 살 만한 것이 없었다. 소피는 구운 물오리 한 마리에 백포도주 한 병, 카망베르 치즈, 커피 한 잔 그리고 시가 한 대 정도면 알맞을 것이라고 생각했다. 시가는 1달러 정도면 충분하리라. 그래서 전부 합쳐 봐야 주인으로부터 심한 보복을 당할 만큼 그렇게 큰 액수가 아닐 것이다. 그리고 그 정도의 식사를 하고 나면 그의 겨울 피난처로의 여행을 떠나게 해 줄 것이다.

그러나 소피가 그 음식점 안에 발을 들여놓자 웨이터 장의 시선이 해진 바지와 낡은 구두에 쏠렸다. 기다렸다는 듯이 억센 두 팔이 그를 돌려 세워 조용하고 재빠르게 한길로 끌어내어 하마터면 무전취식당할 뻔했던 물오리의 치욕스러운 운명을 바꿔 놓았다.

소피는 브로드웨이의 옆길로 들어섰다. 섬으로 가고자 하는 그의 욕망을 성취하는 방법 중에서 미식가가 되는 것은 안 될 것 같았다. 그곳으로 들어가는 다른 방법을 생각해 내야만 했다.

6번가의 길모퉁이에 이르자, 어떤 상점의 진열장 판유리 뒤에 켜 놓은 전등과 교묘하게 진열해 놓은 세공물이 가게를 돋보이게 하고 있었다. 소피는 자갈을 집어 늘어 그 유리를 향해 던졌다. 그러자 곧 사람들이 순경을 앞세우고 모퉁이를 돌아 뛰어나왔다. 소피는 호주머니에 손을 넣고 그 자리에 서 있다가 경찰관의 놋쇠 단추를 보자 빙긋이 미소를 지었다.

"이런 짓을 한 놈은 어디로 갔소?" 경찰관이 흥분하며 물었다.

"제가 그 일과 관계가 있을 거라고 생각되지 않습니까?" 소피는 약간 비꼬는 투이긴 하지만, 마치 좋은 친구라도 만났다는 듯이 친절하게 말했다.

경찰관은 소피의 말을 어떤 단서로조차 받아들이지 않았다. 유리를 깬 사람이라면 그 자리에 남아서 경찰관과 이야기를 주고받을 이유가 없었다. 그런 사람은 항상 도망가게 마련이다. 경찰관은 한 사람이 반 블록쯤 떨어진 곳에서 차를 타려고 뛰어가는 것을 보았다. 그는 경찰봉을 빼들고 다른 사람들의 추적 대열에 합류했다. 소피는 두 번째 실패에 마음이 우울하여 천천히 걸어갔다.

그 거리의 맞은편에 규모가 조촐한 음식점이 하나 있었다. 그곳은 호주머니가 얄팍한 대식가들의 욕구를 만족시켜 주는 곳이다. 그곳의 식기는 두툼했고 공기는 탁했으며, 수프는 멀겋고 식탁보는 얇았다. 소피는 마음 꺼림칙한 구두와 다 떨어진 바지를 걸치고도 무사히 들어갈 수가 있었다. 식탁에 앉자 그는 비프스테이크와 핫케이크, 도넛과 파이를 집어삼켰다. 그러고 나서는 웨이터에게 동전 한 닢 가진 게 없다고 고백했다.

"자, 그러니 경찰을 부르시오." 소피는 말했다. "그리고 신사를 기다리게 하지 마시오."

"너 같은 놈에게 순경이라니." 웨이터는 맨해튼 칵테일 속의 버찌 같은 눈을 하고는 버터 케이크같이 큰 목소리로 말했다. "이봐!" 곧 두 명의 웨이터는 소피의 왼쪽 귀가 싸늘한 보도 위에 닿을 정도로 그를 냅다 던져 버렸다. 그는 마치 목수가 접힌 자를 펴듯이 관절 하나하나를 펴고 일어나 옷의 먼지를 털었다. 체포된다는 것은 아득한 장밋빛 꿈이었다. 섬은 점점 멀어져 가고 있는 느낌이었다. 두 집 건너의 약국 앞에 서 있던 경찰관이 씩 웃으며 길을 따라 내려갔다.

소피는 다섯 블록을 걷고 나서야 다시 한번 체포되어 보겠다는 용기가 되살아났다. 이번에는 그 정도는 '확실한 일'이라고 언젠가 실없이 말한 적이 있는 기회가 저절로 찾아왔다. 젊고 정숙하며 옷차림도 그럴듯한 여자가 쇼윈도 앞에 서서 면도용 컵과 잉크스탠드의 진열을 꽤 열심히 바라보고 있었다. 그리고 매우 엄격하게 생긴 순경이 그의 커다란 체구를 소화전에 기대고 서 있었다.

소피의 계획은 비열하고 몹쓸 '치한'의 역할을 해 보이는 것이었다. 그의 희생이 될 품위 있고 세련된 용모의 여인 옆에는 특히나 성실해 보이는 순경이 접근해 있었기 때문에 이번에야말로 자기의 팔이 친절한 순경의 손길을 느끼고, 이어서 자그마하고 아담한 섬으로 보내져 겨울을 지낼 수 있으리라고 생각하자 용기가 솟았다.

소피는 여 전도사에게 받은 넥타이를 바로 고쳐 매고 안으로 쪼그라든 그의 셔츠 소매를 잡아당겨 나오게 하고, 모자를 비스듬히 멋있게 쓰고는 옆걸음질로 젊은 여자에게 슬금슬금 다가갔다. 그녀에게 추파를 던지고 '에헴' 하고 헛기침을 한 다음 능글맞게 웃으며 '치한'들의 판에 박힌 듯한 행동을 뻔뻔스럽고 비열하게 해냈다. 소피가 옆으로 흘긋 보니 경찰관이 계속해서 이쪽을 노려보고 있었다. 그 젊은 여인은 몇 걸음 물러서더니 다시 면도용 컵에 정신을 팔고 있었다. 소피는 대담하게 몇 걸음 다가가서 모자를 벗어 들고 말했다.

"어이, 베델리아! 우리 집에 놀러 가지 않겠어?"

경찰관은 아지도 바라보고 있었다. 봉변을 당한 젊은 여인이 손가락으로 부르기만 하여도 소피는 섬의 안식처로 떠날 판이었다. 벌써 그는 경찰서의 따뜻하고 아늑함을 간직한 공기를 느끼는 듯했다. 그 젊은 여인은 그를 마주 보더니 손을 뻗쳐서 소피의 소매를 잡았다.

"좋아요, 마이크." 그녀는 즐겁다는 듯이 말했다. "만일 맥주를 대접해 준다면 말이에요. 나도 진작 당신에게 말하고 싶었지만 경찰관이 보고 있잖아요."

소피는 마치 떡갈나무에 감긴 담쟁이덩굴과 같은 형태

로 젊은 여자와 함께 우울한 표정을 하고 경찰관 앞을 지나
쳤다. 아무래도 자유는 그의 숙명인 듯했다.

다음 모퉁이에 오자 그는 함께 온 여인을 밀치고 달아났
다. 이윽고 그는 밤이 되면 거리가 가장 밝고, 연인들의 속
삭임과 가극의 대사 같은 달콤한 말이 들리는 곳에서 멈추
었다. 모피를 감싼 여인들과 커다란 외투를 입은 남자들이
싸늘한 공기를 쐬며 즐겁게 거닐었다. 소피는 어떤 무서운
마력이 자신을 영원히 체포되지 못하게 하는 게 아닌가 하
는 생각이 불현듯 일었다. 그런 생각을 하자 약간 당황하게
되었다. 그래서 화려한 극장 앞을 점잖게 거닐고 있는 다른
한 명의 순경을 만나자 '치안방해죄'라는 직접적이긴 하나
하찮은 것을 잡아 보려 했다.

보도 위에서 소피는 그의 목청을 다하여 주정뱅이처럼
횡설수설 지껄여 대기 시작했다. 그는 춤을 추고 울부짖고
고함을 지르고 그밖에 모든 짓을 다하여 밤하늘을 소란하
게 했다.

그 경찰관은 경찰봉을 빙글빙글 돌리며 소피를 등 뒤에
두고 시민에게 말했다.

"이 사람은 예일 대학생 중 한 사람인데 하트퍼드 대학
을 영패시켜 축하하고 있는 것입니다. 시끄럽긴 하지만 해

는 없어요. 우리는 그들을 그대로 두라는 명령을 받았습니다."

맥이 빠진 소피는 별반 이익이 없는 소동을 중지했다. 결코 경찰관은 그를 체포하지 않을 것인가? 섬은 그가 도저히 도달할 수 없는 이상향 같은 생각이 들었다. 그는 얇은 코트의 단추를 채워 싸늘한 바람을 막으려 했다.

시가를 파는 어느 점포 앞에서 옷을 잘 차려입은 신사가 매달린 등에서 시가에 불을 붙이는 것을 보았다. 그는 들어가는 문 옆에 그의 실크 우산을 세워 두었다. 소피는 안으로 들어가서 우산을 집어 들고 천천히 걸어 나왔다. 시가에 불을 붙인 사람이 황급히 따라 나왔다.

"내 우산이오." 그는 강경히게 말했다.

"아, 그래요?" 소피는 코웃음을 쳤고 그는 하찮은 절도에 너하여 그 사람의 기분을 상하게 하려고 했다. "그렇다면 왜 경찰관을 부르지 않는 거요? 내가 우산을 훔쳤소. 당신의 우산을! 어서 경찰을 불러와요. 저 모퉁이에 경찰관이 서 있군요."

우산의 주인은 발걸음을 늦추었다. 소피는 이번의 행운 역시 그에게 불리하게 끝이 날 듯한 예감을 느끼며 걸음을 늦추었다. 경찰관은 이상하다는 듯 두 사람을 바라보았다.

"물론." 우산 주인이 말했다. "그것이…… 에 또, 이러한 실수가 왜 일어나는지 잘 아시겠지만…… 저는…… 이것이 당신 우산이라면 죄송하게 됐습니다. ……저는……오늘 아침 어느 음식점에서 이것을 주웠습니다……. 이것이 당신 것이 확실하다면 저…… 양해를 바랍니다……."

"물론 내 것이오." 소피는 심술궂게 말했다.

우산의 전 주인은 물러갔다. 경찰관은 야회용 코트를 입은 키가 큰 금발 여인 곁으로 급히 달려가 두 블록 저편에 다가오고 있는 전차의 앞을 가로지르려는 그녀를 도와주었다.

소피는 도로 보수공사로 파손된 길을 지나 동쪽으로 걸어갔다. 그는 화난 듯이 우산을 파헤쳐 놓은 구덩이에 던져버렸다. 그리고 헬멧을 쓰고 경찰봉을 든 사나이들을 향하여 투덜대며 욕을 했다. 그가 체포되기를 원하니까 그들은 오히려 그를 어떤 나쁜 짓을 해도 괜찮은 왕처럼 생각하고 있는 것 같았다.

마침내 소피는 밝은 불빛과 소음에서 멀리 떨어진 동쪽의 거리에 도착했다. 그는 이 거리에서 메디슨 스퀘어 공원 쪽으로 방향을 잡았다. 왜냐하면 그에게도 집으로 돌아가려는 본능이 작용했기 때문이다. 그것이 비록 공원의 벤치에 불과하지만.

그러나 이상하리만큼 조용한 어느 거리에 도착하자 소피는 걸음을 멈추었다. 여기에 별스럽고 복잡하며 지붕은 박공으로 오래된 교회가 하나 있었다. 보랏빛 창문을 통해 은은한 불빛이 새어 나왔다. 그리고 그 안에서는 오르간 연주자가 다가오는 안식일에 연주할 찬송가를 익혀 두기 위해서 건반을 누르고 있었다. 아름다운 선율이 소피의 귀에 들려왔다. 그는 그 소리에 마음이 끌려 소용돌이의 장식이 있는 쇠 울타리에 기대어 움직일 줄 몰랐다.

달은 높이 떠서 찬란한 빛을 발하고 있었다. 행인들과 수레의 왕래가 드물었으며 참새도 졸리는 듯이 처마 밑에서 지저귀고 있었다. 잠시 그곳의 주위는 시골의 교회 경내와 같았다. 그리고 오르간 연주자가 연주하는 찬송가는 소피를 쇠울타리에 못 박아 놓았다. 왜냐하면 아직 어머니가 계셨고, 장미꽃을 즐겼고, 야망도 친구도 티 없는 생각도 개성도 뚜렷했을 때 그가 잘 알고 있었던 곡조였기 때문이었다.

모든 것을 받아들일 준비가 된 소피의 마음과 오래된 교회가 나타내는 영향력이 함께 조화를 이루어 갑자기 그의 영혼은 훌륭한 변화를 일으키기에 이르렀다. 그는 자신이 빠져든 구렁텅이와 타락한 나날, 가치 없는 욕망, 사라진 희망, 둔해진 재능, 천박한 동기들로 구성되어 있는 자신의 존재를 몸서리치며 바라볼 수 있었다.

그러자 순간 그의 마음은 이 고상한 기분에 설레며 반응했다. 순간적이고 강한 충동이 그로 하여금 그의 절망적인 운명과 싸우게 했다. 그는 진흙 구렁에서 몸을 빼내고 새로운 사람이 되어 자신에게 달라붙은 악에게 이겨 보겠다고 결심했다. 그 장엄하고 아름다운 오르간 음계는 그의 마음에 혁명을 일으켜 주었다. 내일은 활기 있는 시내로 들어가서 일자리를 잡기로 했다. 언젠가 모피 수입상이 그에게 운전수가 될 것을 권한 적이 있었다. 내일 그를 찾아 일자리를 부탁하자. 이제 그도 이 세상의 한 사람 몫을 할 것이다. 그는 응당…….

소피는 어떤 손이 자기 팔에 놓여지는 것을 느꼈다. 그가 획 얼굴을 돌리자 경찰관의 넓적한 얼굴이 보였다.

"당신 여기서 뭘 하는 거요?" 경찰관이 물었다.

"아무것도." 소피가 말했다.

"자, 따라오시오." 경찰관이 말했다.

"금고 3개월에 처함."이라고 이튿날 아침 경범 재판소에서 치안 판사가 그에게 언도했다.

자동차가 기다리는 동안

땅거미가 내리기 시작할 무렵, 조그만 공원 모퉁이에 회색빛 드레스 차림의 여자가 다시 모습을 나타냈다. 그녀는 벤치에 앉아서 책을 펼쳤다. 아직도 30분 정도는 더 활자에 몰두할 시간이 있었던 것이다.

다시 한 번 말하지만 그녀의 드레스는 회색이었다. 디자인도 바느질도 어디 하나 흠잡을 데 없는 옷이었지만 너무 수수해서 남의 눈에 띄지 않는 옷이었다. 그녀의 터번형 모자에는 엷은 베일이 드리워져 있었는데, 그 베일을 통해 어렴풋이 보이는 그녀의 얼굴은 차분하고도 고상한 아름다움이 은근히 깃들어 있었다. 그녀가 어제도 그저께도 오늘과 같은 시각에 이곳에 나타났다는 사실을 아는 남자가 한 사람 있었다.

바로 그 젊은이는 그녀의 주위를 서성이면서 위대한 행운의 신에게 바친 희생의 제물에 대한 조그만 대가를 기다리고 있었다. 이 기다림은 보람이 있었다. 왜냐하면 그녀가 책장을 넘기려다가 그만 손에서 놓쳐 버린 책이 1야드쯤 굴러 떨어졌던 것이다.

젊은이는 때를 놓치지 않고 곧장 달려가, 공원이라든가 사람들이 잘 모이는 곳에서 흔히 볼 수 있는 태도 즉 정중함과 순찰 중인 경관에 대한 세심한 주의 등이 섞인 태도로 그 책을 집어 들어 주인에게 건네주었다. 그리고 쾌활한 목소리로 날씨에 대한 일상적인 인사를 건넸다. 사실 이런 식의 이야기야말로 세상의 숱한 불행 중의 대부분을 책임져야 할 것이다. 그는 잠시 가만히 선 채 자신의 운명을 기다렸다.

여자는 천천히 그를 훑어보았다. 그는 평범하고 단정해 보이는 옷차림에다 표정은 이렇다 할 특징이 없는 것이 특징이라면 특징인 평범한 용모였다.

"괜찮으시면 앉으셔도 좋아요." 하고 그녀는 차분한 목소리로 말을 이었다.

"사실은 앉아 주셨으면 좋겠어요. 책을 보기에는 너무 어두워졌거든요. 차라리 이야기를 나누는 편이 낫겠어요."

행운을 섬기는 하인은 기쁘게 그녀의 옆자리에 앉았다.

"알고 계십니까?" 하고 그는 공원에서 열리는 집회에서 의장이 개회사를 할 때나 쓰는 형식적인 말투로 물었다.

"전 이제껏 무척 많은 여성들을 보아 왔지만 아가씨만큼 황홀한 아름다움을 간직한 분은 일찍이 본 적이 없습니다. 사실 전 어제도 아가씨의 모습을 지켜봤습니다. 하지만 당신은 그 아름다운 눈동자에 넋을 빼앗기고 있는 남자가 있다는 것을 아마도 모르셨을 겁니다."

"누구신지는 모르지만." 하고 여자는 냉정한 말투로 말했다.

"제가 숙녀라는 것을 잊지는 마세요. 하지만 방금 선생님께서 말씀하신 그 '당신'이라는 표현은 너그럽게 봐드리기로 하지요. 잘못된 말이긴 해도 그리 부자연스럽다고 생각지는 않으니까요. 특히 선생님 같은 분들 사이에서는 말이지요. 제가 먼저 앉으라고 말씀은 드렸지만 그 때문에 무례한 말을 들어야 한다면 당장 그 권유를 취소하겠어요."

"부디 실례를 용서하십시오." 하고 젊은이는 사과했다. 방금 전까지의 흐뭇했던 표정은 후회와 수치가 가득한 표정으로 바뀌었다.

"제가 잘못했습니다. 실은…… 이런 공원에는 여러 부류의 여자들이 모이는 곳이라서…… 물론 잘 모르시겠습니다만……."

"그런 말씀은 마세요. 저도 알고는 있으니까요. 그런데 그보다도 좀 가르쳐 주세요. 저기 보이는 오솔길을 거닐고 있는 사람들은 저렇게 서둘러 어디로 가고 있는 걸까요? 저 사람들은 행복할까요?"

젊은이는 여기에서 처음의 태도를 바꿔야 했다. 이제 그의 입장은 완전히 수동적이 되어 있었다. 하지만 앞으로도 어떤 연기가 더 계속되어져야 할지 그로선 아직 분명치 않았다.

"저 사람들을 지켜보는 건 여간 흥미 있는 일이 아닙니다." 하고 그는 그녀의 반응을 살펴보면서 계속 말했다.

"참으로 멋진 인생극이지요. 저녁식사를 하러 가는 사람이 있는가 하면, 또 다른 곳으로 향하는 사람도 있겠지요. 그런데 저 사람늘은 어떤 과거를 가지고 있을까요?"

"그런 게 뭐 그렇게 신경 쓸 만한 일인가요?" 하고 여자는 말했다.

"저는 남의 사생활을 꼬치꼬치 파헤치는 건 별로 좋아하지 않아요. 제가 여기 와서 이렇게 앉아 있는 것은 깊숙이 자리하고 있는 인간의 위대하고 활기찬 마음을 가장 가까이 느낄 수 있는 곳이 바로 이곳이기 때문이에요. 제게 맡겨진 인생극의 역할은 그런 생동감 있는 움직임을 전혀 느낄 수 없거든요. 제가 왜 선생님께 말을 건넸는지 그 이유를 모르시겠어요? 저어……."

"파큰스태거입니다." 하고 젊은이는 그제야 자기의 이름을 밝혔다. 그는 매우 열정과 희망이 넘치는 표정이 되었다.

"모르시죠?" 하고 여자는 가냘프게 보이는 손가락 하나를 펴 보이며 엷게 웃었다.

"하지만 이제 곧 알게 될 거예요. 신문이나 잡지에 이름이 나지 않도록 할 수는 없어요. 사진도 그렇고 말예요. 이처럼 하녀의 베일과 모자로 신분을 감추고 있기에 이런 외출도 맘대로 할 수 있는 거예요. 선생님께 보여 드리고 싶군요. 우리 집 운전사가 내가 이렇게 변장하여 외출하는 것을 보고 놀라던 그 표정을 말예요. 사실대로 말하자면 아주 고귀한 가문을 나타내는 성이 대여섯 개 있는데, 제 성도 그중에 하나랍니다. 제가 말을 건넨 것은 스타크퍼트 씨……."

"파큰스태거입니다." 하고 젊은이는 망설이다가 정정하였다.

166

"파큰스태거 씨, 단 한 번만이라도 자연 그대로의 인간과 그러니까 재물에 대한 허황된 욕심과 덧없는 사회적 지위에 더럽혀지지 않은 사람과 이야기를 나누어 보고 싶었어요. 아아, 얼마나 진절머리가 나는지 모르실 거예요. 그저 돈! 돈! 돈! 정말 생각만 해도 지긋지긋해요. 게다가 주위에 있는 사람들마저도 마치 조각된 꼭두각시 인형처럼 모두 똑같은 춤을 추고 있는 것 같아요. 오락도, 보석도, 여행도, 사교도, 그 모든 사치가 이젠 정말 지겹고 싫증이 나요."

"저는 늘 돈이란 매우 근사한 거라고 생각했는데요." 하고 망설이던 청년이 용기를 내어 말했다.

"남지도 모자라지도 않는 재산, 바로 그것이 가장 바람직한 거예요. 몇 백만 달러가 있다고 해 보세요, 그건……." 하고 그녀는 절망스런 몸짓을 하며 결론을 내리듯이 말했다.

"그야말로 단조로움의 연속일 뿐이에요. 정말 지긋지긋해요. 드라이브, 연극, 게다가 무도회에 만찬, 이런 것들은 모두 엄청나게 많은 돈으로 장식되어 있거든요. 샴페인 글라스 속에서 짤랑거리며 부딪치는 얼음 소리만 들어도 벌써 머리가 아파 와요."

파큰스태거는 퍽 천진난만한 표정으로 여자의 말에 귀를 기울이고 있었다.

"저는 언제나……." 하고 그는 입을 열었다.

"부유한 상류층의 생활에 관한 책을 읽거나 그 이야기를 듣는 것을 좋아했는데, 지금 생각하니 내 지식은 아직 미흡한 것 같군요. 좀 더 명확한 결론을 위해 여쭤 보는 것입니다만 저는 여태까지 샴페인은 병째로 얼음 통에 담가 차게 하는 것이지 글라스에 얼음을 넣어서 차게 하는 것은 아니라고 알고 있었는데요?"

여자는 참 우습다는 표정으로 노래하는 듯한 웃음소리를 냈다. 그리고 "그것은." 하고 차분하게 설명을 시작했다.

"저 같은 상류층의 사람들은 의례적인 관습을 깨는 것을 몹시 즐긴답니다. 그래서인지 요즘은 샴페인 글라스에 얼음을 넣는 것이 유행하고 있지요. 그건 지금 이곳에 머무르고 계시는 바바르 왕사님이 월노프 호텔에서 반찬회를 베푸셨을 때 착안하신 것이 처음이었어요. 하지만 얼마 못 가 이것도 싫증나기 마련이랍니다. 사실 이번 주 매디슨 가에서 베풀어진 만찬회에서는 손님들의 쟁반 옆에 초록색의 키드 장갑이 한 짝씩 놓여 있었는데 그 때문에 손님들은 그것을 끼고 올리브 열매를 먹어야 했다니까요?"

"아, 그랬군요!" 하고 젊은이는 겸허한 태도로 말을 이었다.

"그런 사교계 내부에서 일어나는 특별난 취향들은 서민들로선 전혀 알 수가 없는 것이지요."

"저는요, 이따금……." 하고 여자는 그가 자기의 잘못을 인정한 데 대해서 가볍게 고개를 끄덕여 보임으로써 한층 자기 의사의 확실성을 강조했다.

"내가 앞으로 사랑을 하게 된다면 상대는 아마 신분이 낮은 사람 중에 있지 않을까 싶어요. 빈둥빈둥 놀지 않고 건실하고 성실하게 노동을 하는 사람 말이에요. 하지만 결국 제 희망보다는 신분이나 재산에 의해 결혼을 하게 될지도 모르지요. 지금 제겐 두 사람의 구혼자가 있답니다. 한 사람은 독일 어느 공국의 대공이에요. 나는 그분의 술주정 때문에 정신이 돌아 버린 부인이 어디에 숨어 살고 있지나 않을까 아니면, 전에 있었던 것이 아닐까 하는 그런 생각이 들어요. 다른 한 사람은 영국의 후작인데 인정이 없는데다가 매우 추잡스러운 사람입니다. 그 둘 중에서 꼭 선택해야 한다면 대공의 악마주의 쪽을 택하고 싶을 정도라니까요. 제가 왜 이런 말을 선생님께 하고 있는지 아시겠어요, 스타크퍼트 씨?"

“파큰스태거예요.” 하고 젊은이는 다시 한 번 조그만 목소리로 바로잡았다.

“그런데 아가씨는 아가씨와 이런 얘기를 나누고 있는 것에 대해 제가 얼마나 고마워하고 있는지를 모르시는 것 같군요.”

그녀는 두 사람의 신분 차이를 나타내는 데 적합한, 침착하고도 비인간적인 눈초리로 뭔가를 살피듯이 그를 쳐다보았다.

“그런데 파큰스태거 씨는 어떤 일을 하고 있나요?” 하고 그녀는 물었다.

“매우 천한 직업입니다. 하지만 전 출세하기를 간절히 바랍니다. 아까, 아가씨께선 신분이 낮은 남자와 사랑하게 될 것 같다고 하셨는데, 그 말씀은 진심이십니까?”

“물론이에요. 하지만 전 ‘할지도 모른다.’고 말했어요. 그럴 수밖에 없는 것이 지금으로선 대공과 후작 두 사람이 있으니까 말이에요. 하지만 무슨 직업이든지 결코 천하다고 생각하지는 않아요, 제 이상에 맞는 분이라면…….”

“저는 지금 식당에서 일하고 있습니다.” 하고 파큰스태거는 분명한 목소리로 말했다.

“설마 웨이터는 아니겠죠?” 하고 그녀는 당황스러운 듯한 목소리로 말했다.

"노동은 신성한 거예요. 하지만…… 하인이라거나 웨이터라면……."

"전 웨이터는 아니에요. 식당에서 경리 일을 맡고 있지요."

공원의 맞은편으로 길게 뻗어 있는 거리 한쪽에 '레스토랑'이라는 화려한 네온사인으로 된 간판이 보였다.

"바로 저기 보이는 저 레스토랑에서 경리로 일하고 있습니다."

여자는 왼쪽 팔목의 아름다운 장식이 달린 손목시계로 시간을 확인하고는 서둘러 벤치에서 일어섰다. 그리고 허리 옆에 들고 있던 화려한 핸드백에 읽고 있었던 책을 힘들게 집어넣었다. 핸드백에 비해 책이 너무 컸던 것이다.

"오늘은 왜 근무를 하지 않으시나요?" 하고 그녀는 물었다.

"오늘은 저녁시간에 일하거든요." 하고 젊은이는 대답했다.

"교대시간까지는 아직 한 시간이나 남았습니다. 그런데 다시 뵐 수 있을까요?"

"글쎄요, 아마 그럴 수 있겠죠, 뭐. 하지만 다시 이런 충동적인 외출을 하지 않을지도 모르구요. 아무튼 얼른 가 봐야겠어요. 만찬회도 있고 연극도 봐야 하거든요. 아아, 모든 게 되풀이되는 생활이에요. 여기 오실 때 공원 입구 저편에 세워진 자동차를 보셨겠지요. 흰 자동차 말예요.”

“바퀴가 빨간 자동차 말입니까?” 하고 젊은이는 무언가 다른 생각을 하는 듯 이맛살을 좁히면서 물었다.

“그래요. 언제나 그걸 타고 온답니다. 차에는 운전사 피에르가 내가 저쪽의 백화점에서 쇼핑이라도 하고 있는 줄 알고 기다리고 있을 거예요. 자기 운전사까지 속여야 하는 갑갑한 생활을 생각해 보세요. 그럼, 이만 안녕히 계세요.”

“꽤 어두워진 것 같은데요.” 하고 파큰스태거는 말했다.

“공원 곳곳에는 불량배가 많이 있답니다. 괜찮으시다면 제가……”

“제 기분을 조금이라도 존중할 의향이 있으시다면, 제가 떠난 뒤 10분 동안만 더 이 벤치에 계서 주세요. 선생님을 꺼릴 이유야 없지만 자동차에는 대개 주인의 이름이 새겨져 있으니까요. 자, 그럼 다시 한 번 안녕히 계세요.” 하고 여자는 분명한 어조로 또박또박 말했다.

그녀는 뽐내는 듯한 잰걸음으로 저녁 어둠 속으로 사라졌다. 청년이 그녀의 아름다운 뒷모습을 황홀한 듯이 지켜

보는 가운데, 그녀는 공원의 포장되어 있는 도로 끝까지 가서 자동차가 서 있는 길모퉁이로 걸어갔다. 젊은이는 그녀와의 약속을 어기는 것도 생각지 않고, 그 공원의 나무숲과 관목 사이로 여자가 걷는 방향을 따라 여자를 놓치지 않도록 주의하며 뒤따랐다.

그녀는 모퉁이까지 가서 힐끔 자동차 쪽을 쳐다보고는 그 옆을 지나쳐서 그대로 거리를 건너기 시작했다. 젊은이는 때마침 근처에 서 있던 차 뒤에 숨어서 그녀의 뒤를 눈으로 쫓고 있었다. 공원 건너편의 길을 따라 걸어 내려간 그녀는 화려한 간판의 어느 식당 안으로 들어갔다. 그곳은 이 부근에서는 흔히 볼 수 있는 식당 중 하나로 내부는 하얗게 페인트칠이 되어져 있었다. 벽면에 거울이 있는 이 식당은 조금은 사치스런 기분에 젖어 식사를 할 수 있었다. 그녀는 식당 안 구석에 있는 방으로 들어가더니 곧 모자와 베일을 벗은 모습으로 다시 나타났다.

경리가 앉는 책상은 입구 바로 옆이었다. 그때까지 그 자리를 지키고 있던 붉은 머리의 젊은 여자가 의자를 그녀에게 인계하며 나무람이 섞인 표정으로 보란 듯이 벽시계를 쳐다보았다. 그리고 그 자리에 회색 드레스를 입은 여자가 앉았다.

젊은이는 두 손을 바지주머니에 찔러 넣고는 천천히 왔던 길을 되돌아갔다. 길바닥에 떨어져 있던 한 권의 책이 길모퉁이를 지나던 그의 발에 걸렸다. 책은 잔디밭으로 떨어졌다. 표지의 그림을 보니 그것은 아까 그 여자가 읽던 책이었다.

그는 허리를 굽혀 책을 집어 들었다. 책의 제목은 '신 아라비아 야화'로 작자는 스티븐으로 되어 있었다. 그는 책을 다시 풀밭 위에 내던져 버리더니 잠시 어떻게 해야 할지를 망설이는 듯 주위를 어슬렁거렸다. 이윽고 그는 그 자리에 서 있던 그 빨간 바퀴의 흰 자동차에 올라타고는 의자 깊숙이 몸을 파묻으며 운전사에게 딱 두 마디를 했다.

"엔리 클럽으로."

크리스마스 선물

　　1달러 87센트, 이것이 전부였다. 그것도 그중 60센트는 1센트짜리 동전이었다. 이 동전들은 채소가게나 푸줏간에서 물건을 살 때마다 값을 깎아 ― 자신의 인색함을 비난하는 무언의 소리에 매번 얼굴을 붉혀 가면서 ― 하나하나 모았던 것이다. 델라는 세 번이나 다시 세어 보았다. 1달러 87센트, 내일이 바로 크리스마스인데…….

　그녀가 할 수 있는 일이라고는 작고 초라한 침대에 몸을 던지고 우는 것밖에 없었다. 델라는 오랫동안 그렇게 있었다. 그녀는 인생은 '흐느껴 우는 것'과 '훌쩍거리는 것' 그리고 '미소'로 이루어져 있고 그중에서도 '훌쩍거리며 우는 것'이 가장 많다고 생각했다.

　흐느낌이 훌쩍거림으로 바뀔 즈음 그녀는 빈 방 안을

둘러보았다. 주 8달러짜리의 아파트, 이 방의 모습은 말로 표현하지 못할 정도는 아니었지만 부랑자를 잡는 경찰들이 들이닥치지 않을까 긴장해야 할 만큼 낡고 초라한 것이었다.

아래층의 현관에는 편지 따위가 온 적도 없는 우편함과 아무리 눌러도 울릴 것 같지 않는 벨이 있었다. 또 거기에는 '제임스 딜링엄 영'이라는 이름표가 하나 붙어 있었다.

'딜링엄'이라는 이 이름의 주인공이 주 30달러의 많은 보수를 받던 때에는 이름표가 바람에 가볍게 흔들렸지만, 수입이 주 20달러로 줄어든 지금에는 '딜링엄'의 글자들이 두문자 'D'자 하나로 줄어든 것처럼 희미하게 되어 버렸다. 그러나 그 제임스 딜링엄 영이 집에 돌아와 2층으로 올라가면 예전처럼 '짐!'이라고 불렸고 델라 ― 이미 소개한 제임스 딜링엄 영의 부인이다 ― 의 따뜻한 포옹을 받았다. 이것은 정말 다행스런 일이었다.

델라는 울음을 그치고 화장을 고친 후 창가에 서서 회색 고양이가 담을 따라 걸어가는 것을 하염없이 바라보고 있었다. 내일이 크리스마스인데 짐을 위한 선물을 살 수 있는 돈이라곤 겨우 1달러 87센트뿐이었다. 몇 개월 동안 1센트씩이라도 모아 보려고 애썼지만 소용없었다. 정말 주 20달러의 수입으로는 어쩔 수가 없었다. 지출은 늘 예상을 넘어섰다. 원래 돈이란 게 그런 거니까. 어쨌든 짐을 위해 쓸 수 있는 돈은 1달러 87센트뿐이었다. '나의 짐에게 무언가 멋진 것을……' 하고 생각하면서 행복한 시간을 지내왔는데……. 무언가 훌륭하고 흔하지 않으면서 짐에게 더욱 어울릴 만한 특별한 선물을 말이다.

방문과 창 사이에는 벽걸이 거울이 하나 걸려 있었다. 주 8달러의 아파트에서 흔히 볼 수 있는 거울이었다. 몹시 마른 사람이라야 재빨리 자기 몸을 비춰 봄으로써 겨우 자신의 전신상을 볼 수 있는 거울이었다. 델라는 마른 편이었기 때문에 자연히 그런 기술을 익히고 있었다. 델라는 그 거울 앞으로 다가갔고 그녀의 얼굴은 20초도 지나지 않아 창백해졌다. 그녀는 머리를 풀어 길게 늘어뜨렸다.

제임스 딜링엄 영 부부가 굉장히 아끼고 있는 것이 딱 두 가지 있었다. 하나는 할아버지로부터 아버지를 거쳐 짐에게 남겨진 금시계다. 또 한 가지는 델라의 머리카락이었다. 만일 시바의 여왕이 길 건너 아파트에 살고 있다면 델라가 머리를 말리기 위해 창가에 늘어뜨린 머리카락 때문에 여왕의 보석들은 그 빛을 잃고 말 것이다. 또 만일 아파트 지하실에 보화를 쌓아 둔 솔로몬 왕이 이 건물의 관리인

178

이었다면 짐이 그 곁을 지나가면서 꺼낸 금시계 때문에 왕은 부러움에 턱수염을 쥐어뜯게 될 것이다.

델라의 아름다운 갈색 머리카락은 마치 폭포처럼 그녀의 몸 주위에 물결치듯 늘어져 있었다. 그 머리카락은 마치 옷을 입고 있는 것처럼 그녀의 무릎까지 닿아 있었다. 델라는 서둘러 머리를 감아 올렸다. 그녀는 망설이고 있었다. 가만히 서 있던 그녀의 눈에서 닳아빠진 낡은 빨간색 카펫 위로 눈물 방울이 뚝 떨어졌다. 델라는 낡은 갈색 재킷을 걸치고 낡은 갈색 모자를 쓰고는 치마를 펄럭이며 문밖을 나와 단숨에 계단을 뛰어내려 거리로 갔다.

'마담 소프로니. 가발류 일체'라고 간판이 붙어 있는 곳에서 델라는 걸음을 멈추었다. 그녀는 딘숨에 계단을 뛰어 올랐기 때문에 숨을 헐떡거리면서 마음을 진정시키려고 애썼다. 마담은 큰 체격에 피부도 희고 인상이 차가워 아무리 보아도 '소프로니(우아한 미모를 생각하게 하는 말)'라는 이름과는 어울릴 것 같지 않았다.

"제 머리카락을 사 주시겠어요?" 하고 델라가 물었다.

"어디, 모자를 벗고 좀 보여 주세요."

마담은 말했다. 갈색의 폭포가 물결을 만들며 흘러내렸다.

“사겠어요. 20달러 드리지요.”

익숙한 솜씨로 머리카락을 다듬으며 마담이 말했다.

“먼저 돈을 주세요.”

두 시간은 장밋빛 날개를 지닌 듯 — 진부한 표현일지 모르지만 — 가볍게 지나갔다. 그녀는 여러 곳의 상점을 돌며 짐에게 줄 선물을 구하러 다녔다.

마침내 그녀는 찾아냈다. 확실히 그것은 짐을 위해 만들어진 물건이었다. 다른 상점에서는 이런 물건이 없었다. 모든 상점을 샅샅이 뒤진 결과였다. 그것은 깨끗한 디자인의 훌륭한 백금으로 만들어진 시곗줄이었다. 현란한 장식과는 거리가 먼 그 시곗줄은 품질만으로도 가치를 인정받는 고급품이었다. 짐의 금시계에 달아도 결코 시계의 가치가 떨어지지 않을 물건이었다. 그것을 본 순간, 델라는 바로 이것이 짐에게 어울릴 만한 선물이라고 생각했다.

시곗줄 대금으로 21달러를 지불한 델라는 87센트를 챙겨 서둘러 집으로 돌아왔다. 그의 시계에 이 줄을 달면 짐은 누구 앞에서라도 자랑스럽게 시계를 꺼내 볼 수 있을 것이다. 그의 시계는 훌륭했지만 시곗줄은 어울리지 않는 낡은 가죽 끈이었기 때문에 짐은 남몰래 시계를 꺼내 보곤 했던 것이다.

델라는 집에 도착하자 흥분을 가라앉히고 이성과 분별을 되찾았다. 그리곤 사랑을 위해 망설임 없이 잘라 버려 이제는 짧아진 머리카락을 손질하기 위해 가스 불을 켜고 인두를 꺼냈다. 친애하는 독자 여러분, 이런 일은 무서울 정도로 엄청난 일인 것이다.

40분 후 델라의 머리카락은 예쁘고도 짧게 꼬부라져 있었는데 그 모습이 꾀병을 부려 학교에 가지 않은 개구쟁이 학생을 연상케 했다. 그녀는 거울에 자기 모습을 몇 번이나 비추어 보면서 혼잣말을 했다.

"짐은 나를 죽이려 하진 않을 테지만 틀림없이 코니아일랜드의 합창단 소녀 같다고 말할 거야. 그렇지만 난 어쩔 수 없었어. 겨우 1달러 87센트 가지고서 뭘 할 수 있난 말야."

7시가 되자 커피가 끓었고 언제든 고기 도막을 요리할 수 있는 만반의 준비가 다 되었다.

짐은 늦게 들어오는 적이 없었다. 델라는 시곗줄을 접어 손바닥 안에 감추고, 짐이 들어올 문 가까이에 있는 테이블 모서리에 앉았다. 한참 후에 아래층에서 첫 계단을 오르는 짐의 발자국 소리가 들렸다. 그 순간 델라의 얼굴은 창백해졌다. 요즈음 그녀에게는 별 것 아닌 일에도 짧은 기도를

드리는 습관이 생겼는데 지금도 그녀는 작은 목소리로 기도했다.

"하나님, 제발 그이가 절 아직도 아름답다고 생각하게 해 주세요."

문이 열렸다. 이윽고 짐이 들어와 문을 닫았다. 그는 야윈 얼굴을 하고 있었다. 가엾게도 아직 22살이라는 어린 나이로 가정이라는 무거운 짐을 짊어져야 하다니! 그의 외투는 매우 낡은 것이었고 장갑도 끼지 않은 채였다.

짐은 문 안으로 들어서자마자 사냥감의 냄새를 맡은 사냥개처럼 움직이지 않았다. 그의 눈은 델라를 뚫어지게 응시하고 있었다. 그 눈에는 델라가 알 수 없는 미묘한 표정이 담겨 있었다. 그것은 그녀를 두렵게 만들었다. 노여움도, 놀라움도, 비난도, 공포도 아닌, 델라가 각오하고 있던 그런 감정이 아니었다.

델라는 테이블에서 천천히 일어나 짐에게로 다가가서 큰 소리로 말했다.

"그런 얼굴로 저를 바라보지 마세요. 당신께 줄 크리스마스 선물을 마련할 수 없다고 생각하니 괴로워서 견딜 수가 없었어요. 그래서 머리카락을 잘라 팔았어요. 머리는 또 자라니까 괜찮아요. 정말 다른 방법이 없었는걸요? 제 머리는 굉장히 빨리 자라요. ‘메리 크리스마스’라고 말해 주세요, 짐. 그리고 기분 좋은 저녁시간을 보내요. 당신은 제가 얼마나 훌륭하고 아름다운 선물을 사 왔는지 모르실 거예요.”

“머리카락을 잘라 버렸군.”

짐은 아무리 노력해도 그 명백한 사실을 납득하기 어려운 듯 겨우 그 말만을 되뇌었다.

“네, 머리카락을 팔았어요. 하지만 그래도 옛날처럼 날 사랑해 줄 거죠? 머리카락이 없어도 저는 저예요, 그렇죠?”

짐은 머리카락을 찾는 듯 방 안을 휘 둘러보면서 말했다.

“당신 머리카락은 이미 사라져 버렸군.”

“찾아도 소용없어요, 팔았다니까요! 오늘밤은 크리스마스이브예요. 다정하게 대해 줘요, 네? 당신을 위해서 그랬어요. 제 머리카락은 틀림없이 하나님이 주신 선물일 거예요.”

별안간 델라의 목소리가 아주 부드럽게 바뀌었다.

“당신에 대한 제 사랑은 그 누구도 계산할 수 없어요. 짐, 고기 도막을 올려놓을까요?”

그 순간 짐은 제정신이 든 것 같았다. 그는 사랑스러운 델라를 끌어안았다. 우리는 여기서 잠시 — 그다지 중요한 것은 아니지만 — 다른 일을 신중히 생각해 보자. 일주일에 8달러를 버는 것과 일년에 백만 달러를 버는 것은 어떤 차이가 있는 것일까? 수학자나 지식이 풍부한 사람들에게 물어도 그들의 대답은 틀릴 것이다. 성경에 나오는 동방박사들도 값진 선물을 마련해서 찾아왔지만 그 선물 속에도 정답은 없었다. 이 이해하기 힘든 말은 뒤에 그 뜻이 명확해질 것이다.

짐은 외투 주머니에서 포장된 조그마한 선물을 꺼내어 테이블 위에 올려놓았다.

"오해하지 말아요, 델라. 머리카락을 잘라 버렸다고 내가 당신을 사랑하지 않을 거라고 생각했소? 그 선물을 풀어 봐요. 그러면 왜 내가 그렇게 당황했는지 알게 될 거요."

델라의 흰 손가락이 재빨리 포장을 풀었다. 그리고 정신이 나간 것처럼 환호성을 질렀다. 그러나 다음 순간 환호성은 히스테릭한 울음으로 변했고 이 방의 주인은 그녀를 위로하기 위해 온 힘을 기울여야 했다.

그 선물은 한 쌍의 머리핀이었다. 브로드웨이의 쇼윈도안에 있었던 것인데, 델라가 너무나 갖고 싶어하던 옆쪽과 뒤쪽 두 곳에 꽂는 한 쌍의 핀이었다. 테두리에 보석이 박힌 진짜 별갑제의 아름다운 이 핀은, 지금은 없는 그녀의 아름다운 머릿결에 꼭 어울리는 빛깔이었다. 몹시 비싼 것이었으므로 마음속으로 그토록 갖고 싶었지만 진짜 자기의 것이 되리라고는 꿈에도 생각지 못했던 물건이었다. 그런데 지금 그것이 델라의 것이 되어 버린 것이다. 하지만 그렇게 원했던 머리핀으로 장식할 머리카락은 이젠 델라의 것이 아니었다.

짐은 아직 자신을 위해 델라가 준비한 아름다운 선물을 보지 못했다. 델라는 그것을 그의 눈앞으로 가져가서 손을 펴 보여 주었다. 귀금속의 은은한 빛이 델라의 열렬한 감정의 빛을 받아 더욱 아름답게 빛나는 것처럼 느껴졌다.

"어때요, 멋지지 않아요? 짐, 난 이것을 사기 위해 시내를 몇 바퀴나 돌았어요. 당신 시계를 줄래요? 얼마나 잘 어울리는지 어서 보고 싶어요."

그러나 짐은 아무 말 없이 침대 위에 털썩 주저앉으면서 힘없는 미소를 지었다.

"델라, 우리 크리스마스 선물은 당분간 그냥 보관하기로 해요. 지금 사용하기엔 너무 고급품이잖아. 실은 당신의 머리핀을 사기 위해 그 시계를 팔아 버렸거든……. 자, 이제 고기 도막을 올려놓을까?"

아시다시피 동방박사들은 매우 현명한 사람들이다. 그

사람들 덕분에 우리들은 크리스마스에 선물을 주고받게 된 것이다. 현명한 사람들이었기 때문에 그들의 선물 또한 훌륭했고, 혹시라도 중복되는 경우에는 다른 물건과 교환할 수도 있었을 것이다. 그리고 나는 여기서 자기 집의 가장 귀한 두 가지 보물을 가장 멍청한 방법으로 잃어버린, 싸구려 아파트에 사는 어리석은 두 사람의 이야기를 대충 이야기하였다.

그러나 마지막으로 현대의 현명한 사람들에게 한 마디 더 한다면, 선물을 주고받는 사람들 가운데 그 누구보다도 이 두 사람이야말로 가장 현명한 사람들이었다고 말하고 싶다. 어디에 있든지 간에 이들이 바로 동방박사들인 것이다.

희생타

　　《하드스턴 매거진》의 편집장은 잡지에 실릴 원고 선정에 대해 그만의 독자적인 방법을 가지고 있었다. 그러나 그 방법은 결코 비밀스런 것이 아니다. 만약 여러분이 원한다면 그는 마호가니 책상에 앉아 상냥한 미소를 띠고는 자기의 무릎을 금테안경으로 조용히 두드리며 이렇게 설명해 줄 것이다.

　"우리 하드스턴 사는 원고를 선정하기 위해 사람을 따로 고용하지 않습니다. 들어온 원고에 대한 의견을 다양한 계층의 독자 여러분들에게 직접 알아보고 있습니다."

　이것이 이 편집장의 원고 선정 방법이다. 그것은 대체로 이런 식으로 진행된다. 우선 원고가 들어오면 편집장은 자기의 모든 주머니에 그 원고들을 몽땅 쑤셔 넣고는 종일 여기저기 돌아다니면서 그것을 나누어 준다. 회사의 사원, 수위, 엘리베이터 보이, 메신저 보이, 편집장이 점심을 먹곤 하는 요리점의 웨이터, 석간신문을 파는 판매대의 주인, 식품점 주인, 우유가게 종업원, 5시 30분에 지나는 북행 고가전철의 차장, 60 몇 번가 역의 역무원, 자기 집의 요리사 겸 가정부 일을 맡고 있는 여자. 이들이 모두 원고 선정자로서 《하드스턴 매거진》으로 보내진 원고 출간에 대한 의견을 말해 주는 사람들이다. 만일 편집장의 주머니에 원고가 남겨진 채로 집에 돌아가게 되는 경우 그 원고는 아내의 손에 넘겨진다. 아기가 자고 난 뒤에 읽으라는 것이다. 그리고 며칠 뒤 편집장은 그 원고를 나누어 준 코스를 돌면서 그들의 의견을 수렴하여 원고를 선성했다. 이런 식의 방법은 그야말로 성공적이어서 잡지의 발행 부수가 늘었고 그에 따라 광고 수입도 보조를 맞추어 빠르게 증가하고 있었다.

하드스턴 사는 단행본도 출판하고 있었다. 단행본 중 몇 가지는 베스트셀러가 되기도 했다. 편집장의 말에 의하면 그 책들은 모두 하드스턴 사의 다양한 원고 선정자들에 의해 추천된 것이라고 했다.

편집부의 수다쟁이들에 의하면 하드스턴 사가 이 원고

선정자들의 충고에 따르는 바람에 원고를 되돌려 보내기도 했는데, 뒤에 그것이 다른 출판사에서 출판되어 기막힌 베스트셀러가 된 적도 있다는 것이다. 가령 〈사이러스 라팀의 상승과 하강〉은 엘리베이터 보이가, 〈보스〉는 웨이터가 일언지하에 출간을 반대했다. 〈주교의 마차 안에서〉는 전차 운전사에게 심한 경멸을 당했고, 〈해방〉은 구독접수 직원에게 거부되었고, 〈여왕의 글〉은 마침 장모가 머물고 있던 집의 수위에게 '출판 불가' 판정을 받았다. 그러나 후에 이 모두가 베스트셀러가 되었다.

그럼에도 불구하고 하드스턴 사는 지금까지 그 방식과 시스템을 고수하고 있다. 그리고 앞으로도 원고 선정자들이 부족한 일은 절대로 없을 것이라 생각했다. 그도 그럴 것이 곳곳에 있는 이 원고 선정자들은 누구나 — 편집부의 젊은 타이피스트에서 석탄을 삽으로 퍼 넣는 인부에 이르기까지(이 사나이의 반대로 하드스턴 사는 모처럼의 훌륭한 원고였던 〈암흑사회〉를 잃어버렸지만 말이다.) — 마음속에 언젠가 이 잡지의 편집장이 된다는 기대를 품고 있었기 때문이다.

하드스턴 사의 이 방침은 앨런 슬레이턴도 잘 알고 있었다. 그가 〈사랑은 모든 것〉이라는 제목의 단편소설을 거의 마쳤을 때의 일이다. 슬레이턴은 모든 잡지의 편집부를 모조리 돌아다니며 원고의 출간을 위해 애쓰고 있었다. 덕분에 그는 뉴욕의 모든 편집부 내부 사정을 훤히 꿰고 있었다.

이런 이유로 그는 하드스턴 사의 편집장이 원고를 주위 사람들에게 읽게 하고 있다는 사실뿐만 아니라, 낭만적인 연애물은 주로 타이피스트인 미스 빠후킨에게 맡긴다는 것도 알고 있었다. 게다가 이 편집장의 독자적인 습관 중 하나가 작가의 이름을 절대 비밀로 하는 것이라는 사실도 알고 있었다. 그것은 작가의 유명세가 선정자들의 판단에 영향을 끼치지 못하도록 하려는 의도였던 것이다.

〈사랑은 모든 것〉은 슬레이턴이 그야말로 생명을 걸어 쓴 역작이었다. 그는 6개월 동안 그의 마음과 생각을 이 한 작품에 쏟아 넣었다. 그것은 순수한 연애소설이었는데 아름답고 섬세하면서도 로맨틱한 정열이 깃든 작품이었다. 이 소설은 — 작가의 말을 그대로 빌리자면 — 사랑이 이 세상의 그 어떤 선물이나 명예 따위보다 훨씬 위대한 것이고 천상에서도 가장 뛰어난 보배라는 내용을 담은 작품이었다.

슬레이턴의 문학적 야망은 실로 강렬했다. 다른 세속적인 것들은 모두 희생하더라도 자기가 선택한 예술로 이름을 날려야 한다고 생각하고 있었다. 그는 오른손을 잘라 내거나 몸 전체를 맹장 전문의를 꿈꾸는 돌팔이 의사의 메스 앞에 내던지더라도 자기의 꿈을 실현시켜, 자기의 역작을 《하드스턴 매거진》에 실리도록 해야 한다고 믿고 있었다.

슬레이턴은 〈사랑은 모든 것〉을 완성하자마자 원고를 직접 하드스턴 사로 가지고 갔다. 이 잡지사는 큰 빌딩 안에 있었고, 그 빌딩은 일층에 있는 수위가 관리하고 있었다.

슬레이턴이 입구로 들어가 엘리베이터 쪽으로 걸어가는데 포테이토를 만들 때 쓰는 도구가 슬레이턴의 모자를 스쳐 날아가더니 유리문을 부숴 버렸다. 이 주방용품에 이어 이번에는 수위가 숨을 헐떡거리며 뛰어왔다. 피둥피둥 살이 쪄 별로 건강해 보이지 않는 이 사나이는 멜빵도 풀린 지저분한 차림새였다. 그리고 역시 그다지 깔끔하달 수 없는 뚱뚱한 여자가 헝클어진 머리를 한 채 이 수위를 뒤쫓아 왔다. 순간 수위가 타일에 미끄러져 절망스런 비명을 지르면서 털썩 주저앉았다. 그러자 여자가 덤벼들어 그의 머리카락을 쥐어뜯었고 수위는 이내 고통스러운 신음소리를 냈다.

얼마 후 여자는 화가 풀렸는지 일어나서 유유히 — 마치 미네르바(로마신화의 여신)처럼 — 물러났다. 수위도 따

사랑은 모든 것...

라서 일어섰다. 그는 피로한 눈치였고 매우 자존심도 상해 있었다.

"결혼을 하면 이렇다니까요."

그는 멋쩍은 듯 슬레이턴에게 말했다.

"저 여자가 바로 내가 옛날에 밤마다 잠 못 자고 사모했던 여자라니까요. 모자를 떨어뜨리게 해서 미안하군요. 제발 이 사실은 빌딩 사람들에겐 비밀로 해 주세요. 해고를 당할지도 모르거든요."

슬레이턴은 엘리베이터를 타고 하드스턴 사로 올라갔다. 그리고는 〈사랑은 모든 것〉을 편집장에게 주었다. 편집장은 원고의 채택 여부는 일주일 뒤에 결정하겠노라 약속했다. 슬레이턴은 아래층으로 내려가면서 기막힌 승리의 계획을 세웠다. 그 계획은 갑작스레 떠오른 것이었는데 그는 그런 명안을 생각해 낸 자기의 천재성에 감탄하지 않을 수 없었다. 그는 그날 밤 당장 계획을 실행했다.

하드스턴 사의 타이피스트인 미스 빠후킨은 슬레이턴과 같은 집에 하숙하고 있었다. 그녀는 좀 마른 듯한 체격에 나이가 들어 보이는 그러나 낭만적이고 항상 무언가를 생각하고 있는 것 같은 그런 여자였다. 얼마 전에 슬레이턴은 그녀와 인사를 나누었다.

슬레이턴의 대담하고 자기희생적인 계획은 이러했다. 그녀가 장편이나 단편을 탐독하는 여느 여성들의 대다수를 대표하고 있었기 때문에 하드스턴 사의 편집장은 로맨틱하고 낭만적인 연애소설에 대해서는 미스 빠후킨의 판단에 의지하고 있었다.

〈사랑은 모든 것〉의 주제는 첫눈에 반하는 사랑이었다. 황홀하고 도저히 억제할 수 없는, 넋까지도 떨리게 만드는 감정 즉 사람의 마음이 상대방의 마음에 닿는 순간 서로 나의 운명이라고 인정하지 않을 수 없는 감정이었다.

만일 그가 이 황홀한 감정을 미스 빠후킨 스스로 깊이 느낄 수 있게 만든다면 어떻게 될까? 처음으로 맛보는 열정적인 감정에 취한 그녀가 하드스턴 사의 편집상에게 단편소설 〈사랑은 모든 것〉을 적극 추천하지 않을까? 슬레이턴은 그렇게 생각했다.

그날 밤 그는 미스 빠후킨과 극장에서 만났다. 그 다음날 밤에는 하숙집의 어두침침한 거실에서 그녀에게 그의 열렬한 사랑을 고백했다. 〈사랑은 모든 것〉 안에 나오는 달콤한 말들을 마구 인용하면서. 결국 그의 사랑고백이 끝날 무렵 미스 빠후킨의 머리는 그의 어깨에 기대어 있었고, 그의 머릿속에는 머지않은 문학적 명성의 환영이 춤추고 있었다.

그런데 슬레이턴은 여기에서 멈추지 않았다. 그는 자기 자신에게 얘기했다. '이것은 내 일생의 전환기다.' 마침내 그는 진짜 도박꾼처럼 자기의 모든 것을 걸었다. 목요일 밤 미스 빠후킨과 교회에서 결혼해 버린 것이다.

용감한 슬레이턴이여! 샤토브리앙은 다락방에서 죽었고, 바이런은 미망인을 사랑했다. 키츠는 굶어 죽었고, 포우는 여러 가지 술을 멋대로 마셨고, 드 퀸시는 아편을 즐겼으며, 에이드와 제임스는 시카고의 변두리에 살았다. 디킨즈는 흰 양말을 신었으며, 모파상은 미치광이가 입는 옷을 입고, 예레미아는 눈물을 흘렸다. 이 작가들 모두가 이런 짓을 한 것도 문학을 위해서였다. 그러나 슬레이턴이여, 그대는 이들 모두를 뛰어넘는 행동을 했다. 그대는 명예의 전당에 스스로 앉을 자리를 만들고자 아내를 맞아들인 것이다!

금요일 아침, 어제 슬레이턴의 아내가 된 빠후킨이 말했다. 이제 하드스턴 사로 가서 편집장이 읽으라고 맡겨 놓았던 원고 몇 개를 돌려주고 타이피스트 일도 그만두었으면 한다고.

"그렇게 해요. 그런데 돌려주러 가는 원고 가운데에 특히 마음에 든 게 있었소?" 슬레이턴은 두근거리는 가슴을 진정시키며 물었다.

"하나 있었어요. 단편이었는데 정말 마음에 들었어요. 최근 몇 년 사이에 읽어 본 것 중에서 이 원고의 절반만큼이라도 박진감 있는 작품은 없었다구요."

그의 아내가 말했다.

그날 오후 슬레이턴은 서둘러 하드스턴 사로 달려갔다. 그가 추구했던 보수와 명성이 바로 눈앞에 있는 것 같았다. 《하드스턴 매거진》에 단편이라도 하나 실리면 문학적 명성은 이내 자기 것이 될 것 같았다.

급사가 사무실 입구에서 그를 가로막았다. 이름도 없는 작가들이 편집장을 직접 만나는 것은 극히 드물었다. 슬레이턴은 흥분에 들떠 있는 상태여서 이제 성공하면 이 급사 따위는 밀쳐 버리고 안으로 당당히 들어갈 수 있게 될 거라고 생각했다.

그는 자기의 단편에 대해서 물었다. 급사는 안으로 들어가 큰 봉투를 가지고 나오더니 얘기했다.

"편집장이 '미안하지만 당신 원고는 저희 잡지엔 도저히 실을 수 없습니다.'라고 전하라시는데요."

슬레이턴은 순간 멍해졌다. 그는 정신을 가다듬고 간신히 말했다.

"나의 아내…… 아니, 미스 빠후킨이 오늘 아침 단편 하나를 넘겼다던데 그건 어떻게 되었는지 모르나? 미스 빠후킨의 원고 말이야."

"네, 넘겨드렸고 말구요."

급사는 그 원고에 대해 잘 알고 있는 것처럼 대답했다.

"편집장 말로는 미스 빠후킨이 기막힌 작품이라고 말했다는군요. 제목이 〈돈을 위한 결혼, 또는 근로여성의 승리〉라고 하던데요."

이어 급사는 뭔가 생각났다는 듯이 말했다.

"그러고 보니 당신 이름이 슬레이턴이군요. 내가 원고를 잘못 전달했었는데 물론 일부러 그런 것은 아니었어요. 지난번 편집장이 원고를 미스 빠후킨에게 갖다 주라고 했을 때 그만 수위 아저씨의 원고와 바꿔서 넘겨줬답니다. 하지만 그 때문에 문제가 생긴 건 아닐 테죠?"

슬레이턴은 원고 봉투를 얼굴 가까이 가져갔다. 봉투에는 〈사랑은 모든 것〉이라는 제목 밑에 수위의 짤막한 평이 다음과 같이 적혀 있었다.

"빌어먹을, 헛소리 좀 작작하라구!"

20년 후

　　　　　담당 구역을 순찰 중인 경관이 으스대며 거리를 걸어갔다. 사람들이 거의 없는 것으로 보아 그의 그런 행동은 남에게 보이기 위한 것이 아닌 습관적인 것이었다. 시간은 밤 10시 정도밖에 안 되었지만 이따금 불어오는 비를 안은 차가운 바람 탓인지 거리에는 사람들의 발길이 거의 끊어졌다.

　건장한 체격의 이 경관은 약간은 뽐내는 걸음걸이로 걸어가면서 문단속을 살펴보기도 하고, 기묘하고 멋있는 동작으로 경찰봉을 휘두르기도 하며, 가끔씩 평화로운 거리를 주의 깊게 바라보기도 하였다. 그래서 그는 마치 평화의 수호자처럼 보였다. 그 일대는 일찍 문을 닫는 곳이었다. 간혹 담배가게나 밤새워 영업을 하는 간이식당의 불빛이 보이기도 했지만 대부분이 문을 닫은 지 오래였다.

경관은 어느 한 구획의 중간쯤에 와서 갑자기 발걸음을 늦추었다. 어떤 사나이가 불을 붙이지 않은 담배를 입에 문 채 어두운 철물점 입구에 기대어 서 있었다. 경관이 그에게 다가가자 그는 황급히 말했다.

"별일 아닙니다, 경관님."

그는 안심시키려는 듯이 말했다.

"그저 친구를 기다리고 있을 뿐입니다. 20년 전에 한 약속이죠. 이상하게 들리나 보군요. 그렇담, 확실히 말씀드리지요. 20년 전에는 철물점이 있는 이 자리에 '빅 조우 브래디'라는 식당이 있었죠."

"5년 전까지만 해도 있었죠."

경관이 말을 받았다.

"그때 헐렸죠."

철물점 입구에 서 있던 사나이는 담배에 불을 붙였다. 그 불빛에 그의 창백한 얼굴, 모가 난 턱, 날카로운 눈매 그리고 오른쪽 눈썹 옆의 하얀 상처가 비쳤다. 그의 넥타이핀에는 큼직한 다이아몬드가 묘하게 박혀 있었다.

"20년 전 바로 오늘 밤에, 나의 제일 친한 친구이자 이 세상에서 가장 멋진 녀석인 지미 웰스라는 친구와 여기 '빅 조우 브래디' 식당에서 저녁식사를 같이 했었습니다. 그와 나는 마치 형제처럼 이곳 뉴욕에서 자랐습니다. 그때 내 나이는 열여덟이었고 지미는 스물이었습니다. 그 다음날 나는 돈을 벌기 위해 서부로 떠나기로 되어 있었습니다. 하지만 지미는 절대로 뉴욕을 떠나려고 하지 않았습니다. 그는 이 세상에서 살 곳이라고는 이곳 뉴욕밖에 없는 줄로 알고 있었으니까요. 여하튼 우리는 그날 밤, 우리의 처지가 어떻게 되거나 또 우리가 아무리 먼 곳에 살게 되더라도, 그 때로부터 정확히 20년 후 이 시간에 다시 여기서 만나자고 약속을 했습니다. 20년이 지난 후라면 어떻게든지 각자의 운명을 개척하고 재산도 모으게 되리라고 생각했지요."

"아주 재미있는 이야기군요."

경관이 말했다.

"그런데 다시 만나자고 한 기간이 조금은 긴 것 같군요. 그래, 당신이 떠난 후 그 친구 소식은 들었습니까?"

"물론이죠, 한동안 우린 서신 왕래를 했었으니까요."

그가 말했다.

"하지만 일이 년이 지나서는 서로 소식이 끊기고 말았죠. 아시다시피 서부란 무척이나 광활한 지역이죠. 게다가 난 아주 바쁘게 돌아다녔고요. 하지만 지미가 살아 있다면

나를 만나러 여기에 올 것입니다. 이 세상에서 가장 진실되고 믿음직스러운 녀석이니까요. 절대로 잊지 않았을 겁니다. 나는 약속을 지키려고 천 마일이나 달려왔어요. 그리고 또 내 옛 친구가 여기에 나타나면 그까짓 것이야 수고랄 수도 없고요."

기다리고 있던 사나이는 뚜껑에 작은 다이아몬드가 여러 개 박혀 있는 좋은 회중시계를 꺼냈다.

"10시 3분전이군요."

그가 말했다.

"우리가 식당 문 앞에서 헤어진 때가 정각 10시였죠."

"그래, 서부에서는 일이 잘되신 모양이군요."

경관이 물었다.

"물론이죠! 지미가 내 반만큼이라도 잘 되었으면 좋겠는데. 그 친구는 꾸준히 노력하는 타입이죠. 옛날처럼 착한 녀석일 겁니다. 난 돈을 벌기 위에 날고뛰는 놈들과 경쟁을 벌여야만 했죠. 뉴욕에서 사는 사람들은 판에 박힌 생활을 합니다. 하지만 서부에서 지내는 사람들은 칼날 위를 걷듯 아슬아슬한 모험을 해야 하는 경우가 많죠."

그 경관은 경찰봉을 휘두르면서 한두 걸음을 옮기기 시작했다.

"난 가 봐야겠습니다. 당신 친구 분이 꼭 와 주면 좋겠습니다. 그런데 꼭 정각까지만 기다리실 겁니까?"

"그렇지 않습니다."

그 사나이가 말했다.

"적어도 30분은 더 기다려 줘야지요. 지미가 이 세상에 살아만 있다면 그때까지는 꼭 올 겁니다. 그럼, 수고하세요, 경관님."

"좋은 밤이 되십시오, 선생."

경관은 인사를 하고 문단속을 살피며 순찰을 계속했다.

마침내 차가운 가랑비가 부슬부슬 내리기 시작했다. 불규칙적으로 불던 바람도 이젠 일정하게 불어오고 있었다. 근처를 지나가고 있던 몇 안 되는 행인들도 외투 깃을 세우고 손을 주머니에 집어넣은 채 침울한 표정으로 묵묵히 발걸음을 재촉했다. 그리고 젊은 시절 친구와의 약속을 지키기 위해 천 마일을 마다 않고 달려온 그 사나이는 담배를 피우며 철물점 입구에서 기다리고 있었다.

한 20분쯤 기다렸을 때, 옷깃을 귀까지 올려 세운 긴 외투를 입은 키가 큰 한 남자가 길 건너편에서 서둘러 건너왔다. 그는 곧장 기다리고 있던 그 사나이에게로 다가갔다.

"자네, 밥이지?"

그가 미심쩍은 듯이 물었다.

"자네가 지미 웰스인가?"

철물점 입구에 서 있던 사나이가 소리쳤다.

"이거 정말 믿지 못하겠군!"

방금 온 사람이 상대의 양손을 꼭 쥐며 말했다.

"틀림없이 밥이군. 자네가 살아만 있다면 여기서 만나게
될 줄 알았지. 그래, 정말이지 20년이란 긴 세월이야. 여기
있었던 식당도 이젠 없어졌네, 밥. 계속 남아 있었더라면
다시 저녁식사도 할 수 있었을 텐데. 그건 그렇고, 이 친구
야, 그동안 서부에서 어떻게 지냈나?"

"굉장했지. 내가 바라는 것은 무엇이건 다 이뤄졌네. 지
미, 자넨 많이 변했군. 내가 생각했던 것보다 2~3인치는 더
커 보이는걸."

"아, 그래. 스무 살이 지나 좀 컸네."

"뉴욕에서는 잘 지내고 있는 건가, 지미?"

"그저 그렇지. 나는 시청에서 근무하고 있네. 이보게, 밥.
내가 잘 아는 곳으로 가서 지난 얘기들을 나눠 보세나."

두 사람은 서로 팔짱을 끼고 나란히 거리를 걷기 시작했
다. 서부에서 온 사나이는 성공했다는 자만심에 부풀어 자
신의 지나온 내력을 대강 이야기하기 시작했다. 친구는 외

투에 얼굴을 푹 파묻은 채 흥미롭다는 듯이 그 얘기에 귀를 기울였다.

길모퉁이에는 전등이 환히 밝혀져 있는 약국이 있었다. 두 사람은 이 불빛 속으로 들어오자 서로 약속이라도 한 듯이 얼굴을 보려고 동시에 몸을 돌렸다.

갑자기 서부에서 온 사나이가 걸음을 멈추고 팔짱을 풀었다.

"당신은 지미 웰스가 아니야."

그가 매섭게 말했다.

"아무리 20년의 세월이 길다고 하더라도 매부리코를 들창코로 만들 만큼은 안 되지."

"하지만 20년의 세월이면 선인을 악인으로 변화시키는 데 충분한 시간이지."

키가 큰 사람이 말했다.

"이보게, 멋쟁이 밥. 자넨 이미 10분 전부터 체포되어 있었던 것일세. 시카고 경찰 당국에서 자네가 이리로 왔을지도 모른다고 전문을 보냈네. 자네와 면담을 할 수 있도록 해 달라더군. 조용히 가는 게 좋지 않겠나? 그게 현명한 방법일 테니. 경찰서로 가기 전에 자네에게 전해 달라고 부탁받은 쪽지가 있는데, 자, 여기 있네. 여기 창문 있는 곳에서 읽어 보게. 웰스 경관이 보낸 것이네."

서부에서 온 사나이는 작은 쪽지를 건네받아 펼쳐 들었다. 쪽지를 읽기 시작할 때에는 끄덕도 하지 않던 그의 손이 다 읽고 나서는 약간 떨리고 있었다. 그 쪽지의 내용은 간단했다.

밥에게

난 약속 장소에 정각에 갔었네. 그러나 자네가 담배에 불을 붙이려고 성냥불을 켰을 때, 시카고 경찰 당국이 지명 수배하고 있는 사람이 바로 자네라는 걸 알았네. 차마 내 손으로는 자넬 체포할 수 없었네. 그래서 사복 형사에게 부탁을 한 것이네.

오 헨리의 작가가 되기까지의 여정

1862년 오 헨리는 의사인 아버지와 좋은 가문의 어머니 사이에서 태어났다. 그가 세 살이었을 때 어머니가 폐결핵으로 세상을 떠나고 고모가 그를 기르게 되었다. 그의 아버지는 술에 빠져 살다가 1886년 세상을 떠났다. 그의 고모는 조그마한 사립학교를 운영했는데 오 헨리는 여기서 교육을 받았다. 고모는 그에게 책을 많이 읽도록 했고 그는 자신이 13세에서 19세 사이에 읽은 것이 그 이후에 읽은 양보다 오히려 많다고 했을 정도로 당시에 책을 많이 읽었다.

15세 때 그는 숙부가 운영하던 약국에서 견습생으로 일했다. 19세 때는 약사 자격증을 땄으나 그의 어머니를 죽게 했던 폐결핵 증세를 보이기 시작해 전원생활을 할 수 있는 텍사스의 목장으로 떠났다.

2년 동안의 전원생활을 하고 난 그는 텍사스의 오스틴으로 옮겨가 여러 가지 일을 하였다. 그리고 1887년 오스틴의 성공한 사업가의 딸과 결혼하였다. 항상 그리기와 스케치에 흥미를 가지고 있었던 그는 텍사스 국유지 관리국에서 제도사로 일하면서 가정을 꾸려 나갔다. 그의 첫 아들은 태어난 지 몇 시간 되지 않아 죽었으며 두 번째 아이인 딸은 살아남았다. 그의 아내는 폐결핵으로 앓기 시작하고 그는 제도사 일자리를 잃어서 은행의 출납원으로 취직하였다. 그는 《휴스턴 포스트》에 글을 쓰면서 잡지를 창간하여 이를 나중에 《구르는 돌》로 제호를 바꾸었다. 그러나 이 잡지는 성공하지 못하고 1895년 폐간되었다.

그는 은행 일을 하면서 파산에 불법대출을 하게 되었고, 장인이 그의 횡령액을 갚아 주었으나 1896년 다시 검거되었다. 그는 뉴올리언스에서 혼두라스로 도피했다가 1년 정도 지나 아내가 위급하다는 사실을 알고 돌아오게 된다. 그녀는 그 후 몇 달 뒤에 사망했다. 그는 5년형을 언도받았으나 실제로는 3년 조금 넘게 복역하였다.

감옥은 그에게 깊은 상처를 남겼지만 그는 그곳에서 약

사로 일하면서 호의적인 대접을 받았고 글쓰기를 계속할 수 있는 자유를 얻었다. 아무도 그가 그 기간 동안 자신의 본명을 쓰지 않고 왜 오 헨리라는 필명을 썼는지는 모른다. 오 헨리라는 이름을 사용한 것은 그가 관련되고 싶지 않은 현실과 자신을 분리시키려는 의도였을 것이다.

"나는 이 벽들 뒤에서 숨쉬고 살았던 기억을 잊을 것이다." 그의 이러한 생각은 석방되기 전까지 확고했다. 그가 개인적으로 숨기고자 하는 것이 소설 속으로 녹아들어갔다. 비밀은 그의 작품세계에서 마술적인 매력을 발휘했다. 감옥에서 석방되면서 범죄행위에 대한 비밀은 그에게 영원히 간직해야 할 주문과도 같은 것이 되고 말았다.

작품의 원동력, 마술 같은 허구와 비밀

오 헨리는 감옥생활 중에나 그 이후에 쓴 이야기 속에 동료 죄수들의 삶과 자기 자신의 삶을 끌어들였다. 동시에 그는 세속적인 소재를 어떻게 마술 같은 허구로 만들어내는지를 배웠다. 그것은 그가 연습했던 예술이었으며, 거대하고 조용한 평정심 속에서 행해졌다. 하루는 어떤 레스토랑에서, 유머 작가인 어빈 콥이 어떻게 이야기를 구상하는 것이며 도대체 어디서 이야깃거리를 찾아내느냐고 물었다. "아, 모든 곳에서죠." 오 헨리가 말했다. "모든 것에는 이야기가 있어요." 그러고는 메뉴판을 집어들고 흘낏 보더니 말했다. "여기에 이야기가 있군요." 그리고 즉석에서 그의 이야기 중 최고이자 '완벽한 전형'으로서의 〈식탁 위의 봄〉을 구상해냈다.

'완벽한 전형'이란 그의 펜에서 쏟아져 나온 수백 개의 이야기를 생각했을 때 대단히 적합한 용어이다. 오 헨리의 이야기의 시작부분은 바로 결말이기도 하다. 어떤 특정한 이야기를 쓸 때 본질적인 증거부터 이야기하는 것은 거의 불가능하다. 거기에는 질적인 면에서 보더라도 어떤 의미심장한 차이가 있는 것도 아니다. 그는 글쓰기 작업을 통해 좋은 이야기와 나쁜 이야기를 내놓기도 하고 뛰어난 이야기를 내놓기도 했다. 출판이 된 그의 많은 작품집들은 비슷하게도 연대기적으로 뒤죽박죽인데, 그것은 그가 언제 썼는지 이상으로 어떤 책 속에 어떤 이야기가 있는지 중요하게 생각하지 않았기 때문이다. 그는 《뉴욕》과 계약을 하여 이 신문사의 일요일판인 《선데이 월드》에 한 주에 한 가지 이야기를 쓰기로 했다. 30개월 동안 100개가 넘는 이야기가 실렸다. 그는 글을 쓸 수 있는 조건을 스스로 만들었다. 출판이나 성공에 대한 압박감이 계약서에 사인을 했다고 해서 생겨난 것은 아니다.

그는 급속도로 유명해졌고 많은 돈을 벌기 시작했다. 《선데이 월드》는 그에게 일주일에 100달러씩 지불하였고, 그것은 오늘날 열 배에 가까운 금액이라고 보면 된다. 그는 필명 뒤에 자신을 숨기고 살면서 교도소에 관련된 누군가를 만나거나, 횡령죄와 관련해 자신이 윌리엄 시드니 포터라는 사실이 드러나는 것을 극도로 두려워했다. 『양배추와 왕들』은 1904년에 출판된 첫 번째 작품집이다. 1906년에는 『4백만 명(당시 뉴욕 시에 거주하던 인구가 4백만 명이었다.)』이 출판되었는데, 이 작품으로 그는 유명해졌다. 그 당시부터 지금까지 그의 작품은 쉴 새 없이 인쇄되었다. 심지어는 그가 죽은 1910년에도 4권은 충분히 될 만한 원고가 있어서 유고 단편집들이 잇따라 출판되었다.

그것은 문학적으로 무척 힘든 행보였으며, 사실 1907년쯤에는 서서히 속도를 늦추기 시작했다. 그는 두 번째 결혼을 할 생각이었는데, 어렸을 적 여자 친구로 그녀는 40세에 가까웠고 변덕스러웠을 뿐 아니라 그에게 맞지 않았다. 그의 딸이 그들과 함께 잠깐 살았으나, 결혼 생활은 깨지고 말았다. 1909년까지 그의 두 번째 부인은 고향의 어머니와 지냈고 딸은 학교에서 생활했으며, 오 헨리는 여전히 빚에 쪼들리며 그 빚을 갚으려고 필사적이었다. 더욱 심각한 빚 속으로 빠져들고 너무 많이 마시고 너무 쓰면서 살아서 몸은 망가져갔다. 그 동안에도 그는 평소처럼 글을 쓰고 계획을 세우고 행운을 바라면서 뭔가 다른 삶을 원했다.

그는 소설 한 권에 대한 계약금을 받았지만 글을 쓰지 못하고 있었고, 뮤지컬 코미디를 쓰는 것은 실패했다. 그는 그 연극을 직접 쓰는 대신 연출자가 원하는 대로 개정판을 쓰는 것으로 500달러를 받았다. 〈일명 지미 발렌타인〉은 엄청난 히트를 쳤고, 첫 공연이 끝났을 때는 인세로 10만 달러 이상을 벌었다. 그는 마시고 또 마셔댔고, 글을 쓰는 것은 갈수록 줄어들었다. 자신의 어머니와 첫 번째 아내를 데려가 그를 괴롭혔던 폐결핵이 그의 인생까지도 갉아먹기 시작했다. 그는 폐결핵과 당뇨, 간경변으로 비참한 죽음을 맞았다.

그에 대한 제스 F. 나이트의 평이 잡지 《로맨티스트》에 작게 소개되었다.

오 헨리는 로맨스는 특별한 곳에서 생기는 것이 아니라는 것을 알고 있었다. 그것은 어디에나 있는 것도 아니다. 오히려, 우리들 안에 있다……. 삶 자체보다는 삶을 어떻게 보느냐가 로맨스를 결정할 뿐이다. 오 헨리의 가장 뛰어난 성과는 현대의 산업적인 도시를 로맨티시즘과 결합시킨 데 있다. 오 헨리는 20세기에 로맨티시즘을 분명하게 들여왔다.

당시의 사실주의 작가로는 스티픈 크레인과 프랭크 노리스, 그리고 테오도르 드레이저가 있었는데 그들은 세상에 맞서는 데 그들만의 다른 방법을 썼다. 오 헨리는 맞서는 데에는 흥미를 가지고 있지 않았다. 그가 주로 원한 것은, 그리고 그가 허구 속에서 창조해 낸 것은 바로 탈출이었다. 그리고 나이트가 주장했듯이 그의 작품에서만 본다면 20세기가 시작되고 처음 10년 동안 뉴욕이란 도시를 사회적 역사적인 측면에서 좋은 부분만을 쓴다는 것이 그리 단순하고 간단한 일은 아니었다. 가난이 도처에 도사리고 있었고 불행과 죽음 역시 마찬가지였다.

고통과 유머의 능숙하고도 뒤틀린 결합은 특별하고도 보기 드문 성취이다. 나이트의 주장을 다시 인용하자면 작품을 통해 투영하고자 했던, 그가 분명하게 느꼈던 고통이 가장 위대한 자산이 되었다. 그는 자주 인간의 어리석음 속에서 선의의 재미를 건져내지만 그것은 인간에 대한 사랑과 애정에서 나온 온화한 풍자이다. 그의 유머는 신랄하지 않다. 전체적으로 비엔나 왈츠에 견줄 만한 밝고 경쾌함이 들어 있다. 그도 때로는 승리를 거둔 악마의 기질을 드러내기도 한다. 그는 어디에서든 인간의 기질을 낭만적으로 묘사하지 않는다. 그러나 그가 그토록 예술적으로 엮어내는 탈출의 여러 가지 형태를 만들어내는 데 사용하는 가장 중요한 도구는 바로, 유머이다.

오 헨리는 경솔하지 않지만 근본적으로 진지하지 않은 것도 아니다. 그의 이야기 속에는 강렬한 진지함, 그가 그렇게도 비밀스럽게 연습한 진지함이 있다. "이야기의 예술은", 그는 자신의 작품 속에서 이렇게 단정한다. "그것은 작가가 주제로 가기 위한 낯선 소재들에 대해 의견을 밝히기 전까지, 독자들이 알고 싶어하는 모든 것을 숨기는 행위 속에 존재한다.” 좋은 이야기란 쓴 약을 달콤한 맛으로 입혀 놓은 것과 같다.

예술이란 예술임을 교묘하게 숨겨 꾸밈없음을 증명해 내는 것이다. 우리는 오 헨리가 주장해 왔듯이 모두 평범한 사람에 다름 아니다. 그러나 평범한 사람이 어찌 이러한 구절들을 썼겠는가. “여자들이란 당연히 시계의 적이다.”, “우리 인간은 예로부터 등이 딱딱하기 때문에 갈수록 뻣뻣해지는 것이다.”, 혹은 “여자들이란 사랑 이야기를 잡지에서 읽지 않는다……. 사랑 이야기란 시가를 물고 있는 뚱뚱한 드러머와 열 살짜리 어린 소녀에게서 듣는 것이다.” 어떻게 평범한 사람이 뉴욕 시의 한복판에 세워진 기념비에 대해 이렇게 말할 수 있을까. “이 위대한 장군은 그의 신경이 무쇠가 아닌 이상 분명히 이 세상의 영화가 사라져가는 것을 느낄 것이다.”

오 헨리는 최선을 다해 영리하고 지혜로웠으며 진지하면서 동시에 재미있었다. 그가 혼합하고 쏟아내고 꾸민 것들은 공식에 따라 만들어졌음에도 불구하고 눈부시게 효과적이었다. 그것은 그 공식이 독특했기 때문이며 그것은 그만의 것이었으며 가장 지루한 학술서에서 가장 무겁게 사용될 수 있을 만큼 진실한 소재에서 만들어낸 것이기 때문이다. 예술은 지루할 필요가 없다. 효과적이어야 한다. 예술가는 따분한 사람이어야 할 필요가 없다. 현실적이어야 한다. 오 헨리는 다른 훌륭한 예술가들과 마찬가지로 서로 다른 많은 것들로 인해 반항적이고 복잡하지만 거의 지루한 적이 없는 사람이다. 그것은 독자들을 위한 교훈과 재미를 주기 위해 만든 그의 이야기 속에서도 알 수 있는 사실이다.

작가 연보

오 헨리 (O. Henry, 1862~1910)

❀ 1862년

본명은 윌리엄 시드니 포터(William Sydney Porter)로 9월 11일 미국 노스캐롤라이나 주 그린스버러에서 내과의사인 아버지 앨저넌 시드니 포터와 어머니 메리 제인 버지니아 스웨임의 셋째로 태어났다.

❀ 1865년

9월 어머니가 폐결핵으로 사망하고 고모 이블라이너 마리아 포터의 손에서 자랐다.

❀ 1867년

고모가 경영하는 사립학교에 입학, 15세까지 교육을 받았다. 이때부터 문학과 그림에 재능을 보였다.

❀ 1877년

숙부 클라크 포터가 경영하는 그린스버러 약국에서 견습 약제사로 일하기 시작했다. 1881년 노스캐롤라이나 주 약제사 협회에서 약사 자격증을 받았다.

❧ 1887년

텍사스 국유지 관리국 사무소에 제도사로 취직하여 1891년까지 근무했다. 오스틴에서 식료품상을 경영하던 R. P. 로치의 양녀 에이솔 에스티스 로치 와 결혼했다.

❧ 1888년

5월, 첫아들이 태어났지만 곧 사망했다. 9월, 아버지가 사망했다.

❧ 1889년

딸 마거릿 워스 포터가 태어났다. 아내 에이솔이 폐결핵에 걸렸다.

❧ 1891년

2월, 국유지 관리국 사무소 일을 그만두고 오스틴 퍼스트 내셔널 은행의 출 납 계원으로 일하기 시작했다.

❧ 1894년

텍사스 주 휴스턴에서 유머 주간 잡지 《우상 파괴자》를 창간하여 편집자가 되었다. 《구르는 돌》로 제호를 바꾼 이 잡지는 다음해 4월에 폐간되었다.

❧ 1895년

은행 공금유용 혐의로 기소되었다. 휴스턴에서 발행하던 신문 《휴스턴 포스 트》의 기자로 일하는 한편, 〈도시 보고서〉와 〈후기〉 등의 칼럼을 집필했다.

❧ 1896년

2월, 휴스턴에서 은행 공금유용 혐의로 다시 기소되었다. 7월, 오스틴 법정 으로 가던 중 루이지애나 주 뉴올리언스로 도피하여 그곳에서 잠시 신문 기 자 일을 하다가 중앙아메리카 온두라스로 다시 도피했다.

❧ 1897년

1월, 아내의 폐결핵이 악화되자 오스틴으로 돌아왔다. 5월, 고모가 사망했 다. 7월, 아내 에이솔이 사망했다.

❧ **1898년**

3월, 은행 공금횡령 혐의로 재판에 회부되어 유죄 판결을 받고 5년 구금형을 언도받아 오하이오 주 콜럼버스에 있는 연방 교도소에서 복역하기 시작했다. 교도소의 약제사로 일하면서 틈틈이 글을 쓰기 시작했다. 9월, 〈레이버 캐년의 기적〉이라는 단편소설이 미네소타 주 세인트폴에서 발행하는 신문 《파이어니어 프레스》에 실렸다.

❧ **1899년**

'오 헨리'라는 필명으로 여러 잡지에 단편소설을 발표하기 시작했다.

❧ **1901년**

7월, 모범수로 형기가 단축되어 3년 3개월 만에 감옥에서 풀려났다.

❧ **1902년**

뉴욕 시로 이주하여 본격적인 작품활동을 시작했다.

❧ **1903년**

12월, 뉴욕 시에서 발행하던 신문 《선데이 월드》와 계약을 맺고 매주 단편소설 한 편씩을 기고하기로 했다. 1906년까지 왕성한 창작활동을 계속했다.

❧ **1904년**

첫 단편집 『양배추와 왕들』을 출간했다.

❧ **1906년**

단편집 『4백만 명』을 출간해 세계적 명성을 얻었다.

❧ **1907년**

단편집 『준비된 등불』과 『서부의 마음』을 출간했다. 고향 친구인 새러 린지 코울먼과 재혼했다.

❧ **1908년**

단편집 『도시의 목소리』와 『점잖은 사기꾼』을 출간했다.

1909년

단편집 『운명의 길』과 『선택』을 출간했다. 폴 암스트롱이 그의 작품 〈다시 찾은 삶〉을 〈일명 지미 발렌타인〉으로 각색하여 큰 인기를 얻었다.

1910년

단편집 『철저한 사업』과 『회전목마』를 출간했다. 6월 5일, 폐결핵에 간경변증과 당뇨병이 겹쳐 뉴욕 시에서 사망했다. 그의 유해는 아내의 고향인 애시빌에 안장됐다.

1911년

유고 단편집 『이것저것』이 출간됐다.

1912년

유고 단편집 『구르는 돌』이 출간됐다. 더블데이 출판사가 『오 헨리 전집』을 출간했다.

1917년

유고 단편집 『부랑아들』이 출간됐다.

1918년

미국 예술 및 과학 협회가 '오 헨리 기념 문학상'을 제정했다.

1920년

유고 단편소설과 시를 모은 『오 헨리아나』가 출간됐다.

1922년

유작 『리소폴리스에게 보내는 편지』가 출간됐다.

⚜ **1923년**

《휴스턴 포스트》에 실렸던 작품을 모아 『후기』라는 작품집이 출간됐다.

⚜ **1939년**

『오 헨리 앙코르』가 출간됐다.

⚜ **1957년**

제럴드 랭퍼드가 쓴 전기 『앨리어스 오 헨리』가 출간됐다.